AF196156

Tucholsky Wagner Zola Scott Sydow Freud Schlegel
Turgenev Wallace Fonatne Freud
Twain Walther von der Vogelweide Fouqué Friedrich II. von Preußen
Weber Freiligrath Frey
Fechner Fichte Weiße Rose von Fallersleben Kant Ernst Frommel
Fehrs Hölderlin Richthofen
Engels Fielding Eichendorff Tacitus Dumas
Fehrs Faber Flaubert
Eliasberg Ebner Eschenbach
Feuerbach Maximilian I. von Habsburg Fock Zweig
Ewald Eliot Vergil
Goethe Elisabeth von Österreich London
Mendelssohn Balzac Shakespeare
Lichtenberg Rathenau Dostojewski Ganghofer
Trackl Stevenson Doyle Gjellerup
Mommsen Tolstoi Hambruch
Thoma Lenz Hanrieder Droste-Hülshoff
Dach Verne von Arnim Hägele Hauff Humboldt
Reuter Rousseau Hagen Hauptmann
Karrillon Garschin Defoe Hebbel Baudelaire Gautier
Damaschke Descartes Hegel Kussmaul Herder
Wolfram von Eschenbach Schopenhauer Rilke George
Darwin Dickens Grimm Jerome Bebel
Bronner Melville Proust
Campe Horváth Aristoteles
Bismarck Vigny Voltaire Federer Herodot
Gengenbach Barlach Heine
Storm Casanova Tersteegen Grillparzer Georgy
Chamberlain Lessing Langbein Gilm
Brentano Lafontaine Gryphius
Strachwitz Claudius Schiller Kralik Iffland Sokrates
Katharina II. von Rußland Bellamy Schilling
Gerstäcker Raabe Gibbon Tschechow
Löns Hesse Hoffmann Gogol Wilde Vulpius
Luther Heym Hofmannsthal Gleim
Roth Heyse Klopstock Klee Hölty Morgenstern Goedicke
Luxemburg Puschkin Homer Kleist
Machiavelli La Roche Horaz Mörike Musil
Navarra Aurel Musset Kierkegaard Kraft Kraus
Nestroy Marie de France Lamprecht Kind Kirchhoff Hugo Moltke
Laotse Ipsen Liebknecht
Nietzsche Nansen Ringelnatz
von Ossietzky Marx Lassalle Gorki Klett Leibniz
May vom Stein Lawrence Irving
Petalozzi Knigge
Platon Pückler Michelangelo Kafka
Sachs Poe Kock
de Sade Praetorius Mistral Liebermann Korolenko
Zetkin

Wolf Eschenlohr

Walter Flex

Impressum

Autor: Walter Flex
Umschlagkonzept: toepferschumann, Berlin

Verlag: tradition GmbH, Hamburg
ISBN: 978-3-8424-0476-2
Printed in Germany

Text der Originalausgabe

Walter Flex

Wolf Eschenlohr

Fragment

1919

Einleitung

Walter Flex wurde am 6. Juli 1887 in Eisenach als zweiter Sohn des Gymnasialoberlehrers Dr. Rudolf Flex und seiner Ehefrau Margarete, geb. Pollack geboren. Was er dem Elternhause verdankt, sagen seine Bücher besser, als fremde Worte es vermögen. Zusammen mit drei Brüdern wuchs er auf, zwei jüngeren, Martin und Otto, und einem älteren, Konrad. Die beiden ersteren kämpften und starben gleichfalls für Deutschland. Otto Flex fiel im September 1914 neunzehnjährig als Leutnant in Frankreich. Martin Flex starb als Oberleutnant der Reserve am 21. Februar 1919 an einer Rippenfell- und Lungenentzündung im Städtischen Krankenhaus zu Hannover. Vor Antwerpen schwer verwundet, kehrte er geheilt an die Front zurück und kämpfte weiter, bis ihn im September 1918 im Felde die Krankheit ergriff. Noch auf dem Krankenbette war er mit der Herausgabe des »Wolf Eschenlohr« beschäftigt und las die Druckbogen des Werkes, dessen Erscheinen auch er nicht erleben sollte. Der Vater starb im Juli 1918.

Walter Flex besuchte zunächst die Vorschule und dann das Karl-Friedrich-Gynmasium zu Eisenach, an dem er Ostern 1906 das Abiturientenexamen bestand. Schon in seiner Kindheit zeigte sich sein tiefes Gemüt und seine dichterische Begabung. So schrieb der Elfjährige ein Gedicht auf den Tod des Fürsten Bismarck. Während des Burenkrieges nahm der Knabe mit glühender Leidenschaft für die Buren Partei und verherrlichte sie in zahlreichen Liedern. In die spätere Gymnasialzeit fallen viele lyrische Gedichte und mehrere dramatische Versuche. Eine dramatische Skizze »Die Bauernführer« wurde von einem Gymnasiastenverein in Eisenach aufgeführt. Der Verfasser spielte dabei die Hauptrolle. Auch das Trauerspiel »Demetrius« ist im Wesentlichen in der Primanerzeit entstanden. Schon damals also war sich Flex über die ihm eigentümliche Auffassung der Tragik klar geworden. In jener Zeit wurde er auch mit Otto von Leixner bekannt, der seine literarische Begabung erkannte. Von da an wurde er dauernder Mitarbeiter der »Deutschen Romanzeitung« und veröffentlichte in ihr zahlreiche Gedichte und Novellen. Ostern 1906 bezog er die Universität Erlangen, um hier und später in Straßburg Germanistik und Geschichte zu studieren. Daneben hörte er gern philosophische Vorlesungen. In Erlangen trat er

in die Burschenschaft Bubenruthia ein, der er immer herzlich zuge-
tan blieb. Während der Studentenzeit veröffentlichte er das Drama
»Demetrius« (1909), die Novelle »Der Schwarmgeist« (1910) und
einen Gedichtband »Im Wechsel« (1910). Der Demetrius wurde im
Eisenacher Stadttheater aufgeführt. Der »Schwarmgeist« erschien
im Verlag Otto Janke, Berlin, und behandelt den Stoff der »Bauernführer« novellistisch. »Im Wechsel« kam bei Joseph Singer in Straßburg heraus, ist aber im Buchhandel nicht mehr zu haben. Das Buch
war einem lieben Studienfreunde, Hans Herding, gewidmet. Die
Gedichte, von denen viele in die Gymnasialzeit zurückreichen, sind
zum Teil in die Sammlung »Sonne und Schild« aufgenommen worden. Während der Universitätsjahre entstand auch ein bisher nicht
gedrucktes Schauspiel »Das heilige Blut«, das demnächst veröffentlicht werden wird.

Am 31. Oktober 1910 promovierte Flex in Erlangen mit einer Arbeit über »Die Entwicklung des tragischen Problems in den deutschen Demetriusdramen von Schiller bis auf die Gegenwart«. Damit
schloß er seine Studien ab, um sich dem Schriftstellerberuf zu wid-
men.

In den Jahren 1910–1914 war er an verschiedenen Orten als Hauslehrer tätig. Zunächst war er Erzieher des jungen Grafen Nikolaus
von Bismarck in Varzin, mit dem er bis zu seinem Tode in freund-
schaftlichem Verhältnis stand. Dann berief ihn die Fürstin Bismarck
nach Friedrichsruh, um ihre beiden Söhne Gottfried und Wilhelm
zu unterrichten und zugleich das Bismarcksche Archiv ordnen zu
helfen. An diesen beiden Orten vertiefte er sich in die Geschichte
des Hauses Bismarck und fand die Anregung zu dem Novellenband »Zwölf Bismarcks« und zu der Tragödie »Klaus von Bismarck«. Beide Bücher erschienen zuerst 1913 bei Otto Janke, Berlin.
Der »Klaus von Bismarck« wurde auf einer ganzen Anzahl deut-
scher Bühnen mit großem Erfolge aufgeführt. Im vorigen Jahre ist er
in zweiter und dritter Auflage bei C. H. Beck in München erschienen. In der von der Evangelischen Gesellschaft in Stuttgart verleg-
ten Erzählung »Klaus von Bismarck« ist derselbe Stoff behandelt.
Die »Zwölf Bismarcks« waren erstmalig einzeln in der Deutschen
Romanzeitung, Westermanns Monatsheften, der Täglichen Rundschau und der München-Augsburger Abendzeitung veröffentlicht
worden. Sie lehnen sich nur lose an geschichtliche Tatsachen an.

Das Meiste ist frei erfunden. Das Buch will keine Chronik sein, sondern durch psychologische Problemstellung fesseln. Zwischen dem »Heiligen Blut« und dem »Klaus von Bismarck« schrieb der Dichter das Königsdrama »Lothar«, das demnächst bei C. H. Beck erscheinen wird. Zu diesem verfaßte er ein »Begleitwort«, das im März 1912 gedruckt wurde und in ästhetischer Beziehung sehr wichtig ist. Es ist ein erweiterter Sonderdruck aus der Dissertation über das Demetriusproblem. Der Dichter setzt darin die ihm eigentümliche Auffassung vom Wesen der Tragik auseinander, wie sie sich ihm an Hebbel und im Gegensatz zu ihm entwickelt hat.

Von Friedrichsruh ging Flex als Hauslehrer zu dem Freiherrn von Leesen nach Retschke in der Provinz Posen, wo er warmes, herzliches Interesse für sein literarisches Schaffen fand. Die »Zwölf Bismarcks« sind Herrn und Frau von Leesen gewidmet.

Während der Tätigkeit in Retschke brach der Krieg aus. Der Siebenundzwanzigjährige hatte bisher wegen einer Sehnenschwäche der rechten Hand nicht dienen dürfen. Nun aber meldete er sich sofort als Kriegsfreiwilliger und war fest entschlossen, alle Widerstände zu überwinden, die seiner Meldung etwa wegen seines körperlichen Zustandes entstehen könnten. Es war sein ausgesprochener Wunsch, Infanterist zu werden. Er trat bei dem Inf. Reg. 50 in Rawitsch, der Geburtsstadt seiner Mutter, ein. Sein Idealismus und sein goldener Humor siegten über die Verdrießlichkeiten, welche die militärische Ausbildung für den schon Älteren naturgemäß mit sich brachte. Mit Ersatzmannschaften des Regiments kam er nach Frankreich und nahm an dem Stellungskrieg in den Argonnen teil. Von den Strapazen des Winterfeldzugs, den er als Musketier mitmachte, blieb ihm nichts erspart. Bewußt unterzog er sich mit Eifer den niedrigsten Arbeiten, um anderen ein Beispiel zu geben. In jener ersten Zeit des Krieges erschienen unter dem Titel »Das Volk in Eisen« seine ersten Kriegsgedichte, die vorher einzeln hauptsächlich in der Täglichen Rundschau und in Westermanns Monatsheften veröffentlicht worden waren. Die bunten Heftchen kamen in fünf Auflagen bei Oskar Eulitz in Posen heraus und haben in vielen Tausenden von Stücken im Heere und in der Heimat Verbreitung gefunden. Der Erlös war für das Rote Kreuz bestimmt. Jetzt ist das »Volk in Eisen« im Buchhandel nicht mehr zu haben. Die Gedichte sind in die Sammlung »Sonne und Schild« übergegangen, die 1915 bei Georg Westermann in Braunschweig erschien. Das Buch ist dem Gedächtnis von Flex' jüngstem Bruder Otto gewidmet, der im September 1914 neunzehnjährig als Leutnant in Frankreich fiel. Es enthält zwei Teile, »Die Kriegsgesänge« und die »Gedichte aus der Stille«. Letztere stammen, wie bemerkt, zum Teil aus dem Gedichtband »Im Wechsel«. Doch sind auch viele neue Gedichte aufgenommen, unter ihnen mehrere, die Flex auch als Balladendichter zeigen. Gleichfalls im Jahre 1915 erschien bei C. H. Beck in München das Buch »Vom großen Abendmahl«, dessen Hauptteil »Das Weihnachtsmärchen des fünfzigsten Regiments« Weihnachten 1914 entstand. Näheres über die Entstehung findet sich in dem Buche selbst, das zur Zeit in neunundzwanzigster Auflage vorliegt. Auch die späteren Bücher des Dichters erschienen im Verlage von C. H. Beck, der sich um ihre Verbreitung sehr verdient gemacht hat. Die Beziehungen zwischen Flex und dem Beckschen Verlag wurden durch dessen Redakteur Walther Eggert Windegg angeknüpft. Mit diesem blieb der Dichter seitdem in Gedankenaustausch.

In Frankreich wurde Flex Gefreiter und erhielt wegen seiner Kriegsdichtungen den Roten Adlerorden mit der Krone. Im Vorfrühling des Jahres 1915 wurde er mit mehreren Kameraden nach dem Warthelager bei Posen kommandiert, um dort zum Offizier ausgebildet zu werden. Seine Erlebnisse von da an bis zum Frühjahr 1916 sind im »Wanderer zwischen beiden Welten« geschildert. Er trat als Leutnant in das Inf. Reg. 138 ein, mit dem er Wilna erobern half und die Kämpfe bei Postawy und am Narotschsee mitmachte. Am 23. August 1915 fiel sein lieber Freund Ernst Wurche einer russischen Kugel zum Opfer. Der Dichter hat ihm im »Wanderer zwischen beiden Welten« ein unvergängliches Denkmal gesetzt. Das Buch erschien Ende 1916 im Beckschen Verlag und hat von Flex' sämtlichen Werken die größte Verbreitung gefunden. Es erlebte in zwei Jahren neunundreißig Auflagen und ist in über hundertdreißigtausend Exemplaren verbreitet. Ein freundliches Geschick ließ den Dichter noch die ersten großen Erfolge des »Wanderer« erleben. Besonders glücklich machten ihn die vielen von Herzen kommenden Zuschriften aus dem Felde und der Heimat, die ihm zeigten, wie vielen er durch seine Bücher Trost und Kraft und Freude gegeben hat. Ernst Wurche war wie Flex' jüngster Bruder Otto Wandervogel, und so ist der Dichter mit dieser Jugendbewegung aufs Engste verwachsen.

In Rußland erhielt er das Eiserne Kreuz zweiter Klasse. Der »Wanderer« schließt mit dem Frühzahr 1916 ab. Flex nahm nun bis zum Sommer 1917 weiter am Stellungskrieg teil. Im Frühjahr 1917 meldete er sich mit mehreren Kameraden freiwillig nach der Westfront, wo damals die schweren Kämpfe um Arras tobten. Über seine Beweggründe schrieb er am 28. April einen sehr bemerkenswerten Brief, der in dem Nachwort zum »Wanderer« abgedruckt ist. Doch wurde seine Meldung nicht angenommen. Statt dessen wurde er Anfang Juli 1917 auf einige Zeit nach Berlin kommandiert, um einen Band des großen Werkes zu bearbeiten, das der Generalstab unter dem Titel »Der Weltkrieg in Einzeldarstellungen« herausgibt. In Berlin fand er an Frau Fine Hüls einen treuen, verstehenden »Kriegskameraden«. Am 6. Juli, seinem dreißigsten Geburtstag, erhielt er das Eiserne Kreuz erster Klasse. Als die Offensive in Galizien einsetzte, suchte er seine Arbeit zu beschleunigen, um möglichst bald wieder an die Front zu kommen.

Ende August war er wieder bei seinem Regiment. Er machte den Übergang über die Düna und die Eroberung von Riga mit. Dann nahm er an dem Unternehmen gegen Ösel teil. Am 15. Oktober wurde er in dem Gefecht bei Lewwal schwer verwundet. Man brachte ihn in ein Lazarett in Peudehof, wo er am 18. Oktober, dem Geburtstag seines jüngsten Bruders Otto, nachmittags zwischen zwei und drei Uhr sanft und schmerzlos entschlummerte. Das Wichtigste über seine letzten Tage, seinen Tod und seine Bestattung ist in dem Nachwort zum »Wanderer« mitgeteilt. Die Herausgabe eines ausführlichen Lebensbildes und eines Briefbandes steht bevor.

Fast gleichzeitig mit dem Tode erschien im Beckschen Verlag der letzte Gedichtband von Walter Flex »Im Felde zwischen Nacht und Tag«, der in Jahresfrist einundzwanzig Auflagen erlebt hat. Der Dichter hat die Druckbogen noch gelesen, das fertige Buch aber nicht mehr zu Gesicht bekommen. Ein Teil dieser Gedichte war schon vorher in der Sammlung »Leutnantsdienst« im Verlag von Oskar Eulitz, Posen veröffentlicht worden. Seinen Gewinnanteil an dieser Sammlung hatte der Verfasser für Kriegswaisen bestimmt.

Im Jahre 1918 gab der Becksche Verlag einen Novellenband »Wallensteins Antlitz« mit einer Einleitung von Walther Lagert Windegg heraus. Die darin enthaltenen Erzählungen waren vor dem Kriege einzeln in Zeitschriften erschienen.

Der letzte dichterische Entwurf, mit dem Walter Flex sich trug, war eine Kriegsnovelle »Wolf Eschenlohr«, die leider unvollendet geblieben ist. Das Fragment wird hiermit der Öffentlichkeit übergeben. Zugleich soll über den Plan der Novelle einiges mitgeteilt werden.

Kurz vor dem Kriege war der Dichter mit dem Plan eines Romans beschäftigt, in dem er unter anderem die geistige und religiöse Welt des deutschen Arbeiters zu behandeln gedachte. Diese Welt sollte aber nicht nur geschildert, sondern über sich selbst hinaus entwickelt werden. Es handelte sich, soweit bekannt, um eine Art Erziehungsroman, der vom Individualismus erlösen und den sozialen Abgrund überbrücken sollte. Die Gedichte »Das eiserne »Werde« und »Der Metalldreher« aus »Sonne und Schild« entstammen diesem Gedankenkreise.

Durch den Krieg erfuhr dieser Plan naturgemäß eine Veränderung. Der Dichter schrieb nun den ersten Teil eines Romans »Arnold Eckarts Kampf mit dem Leben«.

Aber dieses Werk wurde nicht fortgesetzt, da sich ein anderer, stärkerer Gedanke in den Vordergrund drängte, der Entwurf des »Wolf Eschenlohr«. Zwischen dem letzteren und »Arnold Eckart« liegen noch andere Entwürfe, die sämtlich Weiterbildungen des ersten Planes sind und schließlich in den »Eschenlohr« ausmündeten. Auch andere Titel, bezüglich Untertitel, waren in Erwägung gezogen, insbesondere »Um Menschenbruderschaft und Gotteskindschaft« und »Die Erziehung zur Ewigkeit«.

Welcher Art ist nun das Verhältnis des »Arnold Eckart« zum »Wolf Eschenlohr«? Ein großer Teil des Gedankeninhalts, vor allem die religiös-sittlichen Ideen und das Problem der sozialen Versöhnung wurden übernommen. Auch ein Teil der Handlung ist ohne große Änderung in den »Eschenlohr« eingefügt, so zum Beispiel der Traum im zweiten Kapitel und die Szene mit dem Arbeiter Karl

Igelshieb. Andererseits aber fiel der für den Roman grundlegende Charakter des Arnold Eckart fort, und dadurch erfuhr der ursprüngliche Plan allerdings eine tiefgreifende Veränderung. Der Hergang dabei war wohl folgender. Dem Arnold Eckart ist im Roman ein jüngerer Bruder Hans zur Seite gesetzt, doch lag der Schwerpunkt zunächst durchaus bei Arnold. Je mehr sich nun der Dichter mit dem Stoff beschäftigte, desto stärker trat für ihn der Charakter des Hans in den Vordergrund und verdrängte schließlich den des Arnold. Dabei erfuhr unter Einflüssen, denen hier nicht weiter nachgegangen werden soll, Hans Eckarts Charakter weitere Veränderungen und wurde schließlich zu dem des Wolf Eschenlohr umgebildet.

Im März 1917 schrieb der Dichter an Walther Eggert Windegg: »Ein paar ruhige Wochen und der »Wolf Eschenlohr« wäre geschrieben.« Im Sommer war er, wie erwähnt, zu einer kriegsgeschichtlichen Arbeit nach Berlin kommandiert. Von dort schrieb er weiter am 3. August: »Das verursacht mir täglich eine mindestens zehnstündige Akten- und Schreibarbeit. Gleichwohl vergeht keine Nacht, in der ich nicht mit einigen Zeilen wenigstens den im Kopfe völlig fertigen Plan meiner Kriegsnovelle fortsetze.« Am 23. August sandte er das erste Kapitel an den Beckschen Verlag. »Da ich morgen wieder zu meinem Regiment fahre, möchte ich vorher die Handschrift in Ihre Hände geben. Ich bin inzwischen ein gut Stück weiter gekommen, habe aber von der Fortsetzung noch keine Abschrift.«

Als Walter Flex am 15. Oktober verwundet wurde, hatte er eine Kartentasche umhängen, in der sich außer einigen Karten die Handschrift des zweiten Kapitels vom »Eschenlohr« befand. Außerdem waren darin ein Notizbuch, das hauptsächlich Entwürfe zu den Gedichten der Sammlung »Im Felde zwischen Nacht und Tag« enthielt, und ein schwarzes Quartheft, in dem noch zahlreiche lose Blätter lagen. Nach seiner Verwundung legte er seinem Burschen ans Herz, diese Mappe besonders gut aufzuheben, da sie sehr wichtige Dinge enthalte. So gingen die Gedanken des sterbenden Dichters um dieses sein letztes Werk, das er nicht mehr vollenden sollte. Mit anderen Gegenständen wurde dann diese Mappe den Angehörigen sorgfältig verpackt aus dem Felde zugesandt. Die tödliche Kugel war mitten hindurchgegangen und hatte die Handschrift des

»Eschenlohr« sowie das schwarze Quartheft samt den darin befindlichen Papieren durchbohrt. Die Mappe muß einige Zeit, vielleicht halb geöffnet, auf der Erde gelegen haben, denn die Papiere waren beschmutzt, die Blätter zum Teil miteinander verklebt (zum Teil allerdings auch durch die Gewalt des Schusses aneinander geheftet) und die Zeilen teilweise vom Regen verwaschen. Daß etwas von dem Inhalt verloren gegangen sein sollte, ist nicht wahrscheinlich, da der Bursche mit großer Sorgfalt und Liebe verfahren ist. Der Dichter hat also nur die ersten beiden Kapitel vollendet, im übrigen aber den Plan, der fertig vor ihm stand, mit ins Grab genommen.

In dem schwarzen Hefte und auf den darin befindlichen losen Blättern findet sich eine Unzahl einzelner Bemerkungen. Poetische Bilder, Augenblickseindrücke, psychologische Beobachtungen, Gedanken, Stichworts und kurze literarische Bruchstücke wechseln in bunter Folge. Diese Notizen beziehen sich teils auf andere dichterische Pläne, hauptsächlich aber auf den »Eschenlohr«. Ein Teil der letzteren gehört zu den beiden ersten Kapiteln und ist in diesen also bereits verarbeitet, ein anderer Teil aber bezieht sich auf die Fortführung der Novelle. Wenn jemand, der selbst Gestaltungskraft besitzt, diese Blätter durchläse, so möchte er wohl ein Gefühl haben, als ob er mit der Wünschelrute über verborgenen Schätzen wandelte, oder wie der Schiffer, der ahnend über versunkenen Städten dahinfährt. Eine poetische Welt ist hier im Augenblick des Entstehens vom Tode überrascht worden. Nur ganz kurze Zeit noch, und jene Bruchstücke, die ja nur Andeutungen sind, wären zum schönen Kristall zusammengeschossen. Nun stechen sie starr und doch von geheimer Bewegung durchpulst, in einem seltsamen Zwischenzustand zwischen Sein und Nichtsein und scheinen die verwandte Kraft um Leben anzuflehen. Aber niemand wird diesen Zauber lösen, denn wenn je ein Kunstwerk, so beruht der »Wolf Eschenlohr« auf höchstpersönlichen Erlebnissen und ist darum einer Fortsetzung durch Dritte schlechterdings unzugänglich.

Aus den hinterlassenen Notizen ergibt sich, daß im weiteren Fortgang der Novelle ein buntes Mosaik von Kriegsereignissen gegeben werden sollte. Flex wollte, wenn auch die Handlung als Ganzes frei erfunden war, doch großenteils die Erlebnisse schildern, die er selbst als Kriegsfreiwilliger gehabt hat.

Aber dies Mosaik sollte nur der Stoff sein, in dem und durch den eine Idee dargestellt und entwickelt werden sollte: die »Erziehung zur Ewigkeit, zu Gotteskindschaft und Menschenbruderschaft«. Diese Erziehung zur Ewigkeit besteht in der Erlösung vom Individualismus, in der Ablenkung vom Ich und der Hinwendung aufs Du, das dem Menschen in höchster Form im Vaterland entgegentritt. Damit stehen wir im Mittelpunkt der Flexschen Welt- und Kunstauffassung. »Mit der Menschwerdung zugleich«, heißt es im »Eschenlohr«, »ist der mit sich einige und schuldlose Gott in Ich und Du auseinandergespalten und der Schuld überantwortet worden. Der Gott im Menschen wird immer den Weg zur Entsühnung aus der Vielheit zur verlorenen Einheit suchen gehen.« Das Ich in seiner Isolierung ist etwas Armseliges und zur Verkümmerung verurteilt. Nur im Dienste für die Gesamtheit kann der Einzelne sein höchstes individuelles Leben entfalten. Das wahre, ewige, göttliche Sein des Ich, all sein Glück und all seine Größe beruhen auf der Hingabe an das große Du des Volkes. Die Überwindung des Egoismus, seine Steigerung zu Volks- und Vaterlandsliebe ist nicht nur sittliches Gebot, sondern Lebensbedingung des Einzelnen selbst. Hier ist auch der Angelpunkt für die tragische Grundidee des Dichters, wie er sie über Hebbel hinaus entwickelt und in den drei Tragödien »Demetrius«, »Lothar« und »Klaus von Bismarck« gestaltet hat. Während die Hebbelsche Tragik dem feindlichen Gegensatz zwischen dem übergroßen Individuum und der nivellierenden Gesamtheit entspringt, ist für Flex die Gesellschaft gerade die Lebensbedingung des Individuums. Darum besteht für ihn die Tragik darin, daß auf irgendeine Weise die Fäden, die den Einzelnen mit der Gesamtheit verbinden, zerschnitten werden, so daß er zur Zwecklosigkeit verdammt ist und wie eine vom Gesamtkörper losgetrennte Zelle verkümmern muß. Das Du ist die Lebensbedingung des Ich, darum muß das Ich zu Grunde gehen, wenn ihm das Du genommen wird. Dies ist der kurze Ausdruck der Flexschen Tragik. Auch in den Novellen kehrt die gleiche Grundanschauung bei aller Vielheit der psychologischen Gestaltung mehrfach wieder. So kann Thomas Seegebart in der vierten Bismarcknovelle keinen »Weg ins Leben« finden und vermag in der lebengebärenden Schönheit des siebenjährigen Krieges nur schale Einzelheiten zu sehen, weil er von seinem armen, kleinen Ich nicht los kann und der seelenweitenden Hingabe ans Du nicht fähig ist. Hans Leerkamp aber (siebente Bismarcknovelle) wird durch die »Brüder« gerettet, die sein Major ihm im Sterben schenkt.

In dem »Begleitwort zu Lothar«, das im Jahre 1912 in theoretischer Absicht geschrieben war, heißt es: »Der Egoismus überwindet sich selbst, wenn er im Bedürfnis nach ›tiefer, tiefer Ewigkeit‹ sich höher und höher steigert; so wird die Gesellschaft zum Ziel des Subjekts ...« Was damals für den Dichter Ästhetik war, wurde bei Kriegsausbruch Leben. Das Gedicht »Einst und jetzt« aus »Sonne und Schild« gibt davon Zeugnis. Wohl selten sind Kunst und Leben so ganz Einheit wie bei Walter Flex. Nun wird es verständlich sein, was er meinte, wenn er seinem letzten Werke den Titel »Die Erziehung zur Ewigkeit« geben wollte.

Aber keinen weltfremden, geschminkten Idealismus, keine Augenblicksstimmung wollte der Dichter gestalten, sondern einen Glauben, der sich im Kampfe mit den Wirklichkeiten der Dinge durchsetzt. Alles Grauen des Krieges, die Schrecken des Trommelfeuers, tausend Mühen, Entbehrungen und Erbärmlichkeiten, herzzerreißender Jammer und, was das Schlimmste ist, die Dämonen der eigenen Brust, sollten auf Wolf Eschenlohr einstürmen, um ihm die Kraft der Hingabe zu nehmen und seinen Glauben in Fetzen zu reißen. »Wolf Eschenlohr,« heißt eine jener Notizen, »will dir nichts den Glauben zerbrechen? Wolf Eschenlohr, glaubst du noch an Gotteskindschaft und Menschenbruderschaft?« Aber wie dem Dichter selbst die »matten und schlaffen Stunden« noch immer »zum würdigen Leben umgeschaffen« wurden, so sollte auch Eschenlohrs Glaube aus jedem Kampfe nur immer stärker hervorgehen. Um diesen Glauben auch jeder Prüfung durch den Zweifel auszusetzen, ist die Gestalt Hirschbergs eingefügt, dessen Kritik zersetzend, aber auch anregend wirkt. In den Gesprächen zwischen Hirschberg und Eschenlohr soll der Idealismus des letzteren seine sieghafte Überlegenheit beweisen. In welcher Weise dieser geistige Kampf zwischen beiden geführt werden sollte, ist schon aus dem zweiten Kapitel ersichtlich. Ein weiteres Beispiel aus den Notizen soll hier Platz finden. In der Mappe befindet sich auch ein Aufsatz »Vier Wochen kriegsfreiwillig«, dessen Inhalt in den »Eschenlohr« verwebt werden sollte. Darin heißt es unter anderem: »Zwischen Metz und Conflans ging es über die Grenze. Und hier, in diesem ernsten und großen Augenblick, durften wir etwas wie eine wundersame himmlische Verheißung sehen, die dem Beginn unserer Kriegsfahrt eine tief und dankbar empfundene Weihe gab. Eine rasche Kurve der Bahn gab plötzlich unseren Augen den Blick auf den fast völligen Mond frei, der die Waldhöhen der Grenzlandschaft mit seinem weichen Licht überschüttete. Um den Mond war leichtes Gewölk, ein heller, flockiger Luftschaum gesammelt, und in diesem Gewölk stand wie ein Gottesdiadem ein in vollen und reinen Farben strahlender Mondregenbogen. Dieses nie gekostete, märchenhaft schöne Bild erregte die Herzen mit wundersamem Schauer. Erinnerungen an Schillers Tell brannten im tiefsten Blute auf, und was der Dichter die wehrhaften Volksgenossen in seiner Rütliszene erleben läßt, empfanden wir nun als Wirklichkeit. Klingende Verse aus dem Hohenlied der Vaterlandsliebe wachten im Herzen auf, und die Lippen raunten sie leise nach.« Unter dem Eindruck dieses Erlebnisses sollte Eschenlohr offenbar zu den müden Kameraden sagen: »Und Ihr könnt schlafen?« Darauf sollte Hirschberg, der übrigens hier einen andern Namen führt, erwidern: »Ich will Ihnen etwas sagen. Ich weiß genau, wie's in Ihnen aussieht. Aber Sie werden in den Schützengräben keine Rütlileute finden. Denken Sie an mich!« Hier bricht die Notiz ab. So ist Hirschbergs Geist darauf gerichtet, das Negative der Wirklichkeit zu sehen, während Eschenlohr das Positive sucht und erkennt.

Übrigens stellt Hirschberg den Typus des über sich selbst reflektierenden und darum nicht unbefangenen Menschen dar. In diesem Punkte hat er eine gewisse Ähnlichkeit mit Arnold Eckart. Dagegen ruht Eschenlohr wie Arnolds jüngerer Bruder Hans sicher und unbefangen im eigenen Wert. Diesen Gegensatz zwischen dem sich selbst bespiegelnden und dem unbefangenen Menschen hatte der Dichter schon früher in einem Märchen »Die Wunschbüblein« gestaltet. Unter den Notizen befindet sich nun die Bemerkung: »Hirschberg erzählt zu Ende der Kriegsnovelle das Märchen von den zwei Wunschbüblein. Dann geht er hinaus und weint bitterlich.« Zwar ist es nicht sicher, ob dieser Gedanke ausgeführt worden wäre. Da aber der »Eschenlohr« unvollendet geblieben ist und jene Bemerkung immerhin vorliegt, so ist das Märchen in dieses Buch mit aufgenommen worden. Es wird den Leser an sich interessieren und steht ja immerhin in Zusammenhang mit der Kriegsnovelle.

Mehrfach finden sich auch Bruchstücke einer »Predigt an die Stillen im Lande«. Diese Predigt sollte nach einigen Notizen beim Abendmahl der Kriegsfreiwilligen vor dem Auszug gehalten werden. Nach einer anderen Bemerkung aber sollte sie an den Schluß der Erzählung treten und dem Feldprediger an Eschenlohrs Grab in den Mund gelegt werden. Der letztere Plan wäre wohl ausgeführt worden. Dies Bruchstück ist an das Ende des Buches gesetzt. Dort haben auch noch einige andere Fragmente Aufnahme gefunden. Freilich ist zu beachten, daß es sich hier nicht um abgeschlossene, für den Druck bestimmte Teile handelt, sondern um flüchtige Skizzen, die aber doch dem Leser nicht vorenthalten werden sollen.

Aus dem Gesagten geht hervor, daß Wolf Eschenlohr fallen sollte. Dies wird ja schon durch die Kreuzesvision im ersten Kapitel angedeutet. Die Schilderung des Todes wäre zweifellos etwas poetisch unendlich Schönes geworden und hätte den Grundgedanken noch einmal siegreich aufleuchten lassen.

Auch mit dem Gottesbegriff und dem Gebet sollte die Novelle sich auseinandersetzen. Wie in Flex' anderen Schriften tritt auch hier die Überzeugung hervor, daß wir von Gott keine Durchbrechung der Kausalitätsgesetze erwarten und erbitten dürfen. Nicht um die Pfennige in Gottes Hand sollen wir beten, sondern um die Hand selbst und die göttliche Güte auch da noch verehren, wo das zerstörende Schicksal unser irdisches Dasein zermalmt.

Freilich konnte sich der Dichter nicht verbergen, daß auch das große Du des Volkes, an das der Einzelne sein alles setzt, dem ehernen Gesetz des Schicksals untersteht. Der Einzelne mag zu Grunde gehen und doch in seinem Idealismus nicht irre werden, den er gerade im Tode bekräftigt. Aber wie, wenn das Volk selbst vernichtet wird? Verliert dann nicht die Hingabe ans Vaterland ihren Sinn und Wert? Auch diese Frage hat sich Flex schon vorgelegt, als er seine Ansicht vom Wesen der Tragik formulierte. In dem »Begleitwort zu Lothar« schreibt er: »Aber wird das vertrauende Individuum nicht in seinem Ewigkeitsbedürfnis betrogen? Setzt es nicht seine besten Kräfte, die gebieterisch ein dauerndes Ziel verlangen, als die eigene Lebensspanne gewahrt, abermals an ein Endliches? Zeigt nicht schon eine naturwissenschaftliche Eschatologie die Grenzen der Gesellschaft?« Die Antwort, die der Dichter damals gab, läßt sich in Verbindung mit späteren Äußerungen wie folgt zusammenfassen: Wie der Einzelne, so sind auch die Völker auf dieser Erde vergänglich. Aber so wenig man von dem Menschen sagen kann, sein irdisches Leben sei zwecklos, weil es nicht ewig ist, so wenig kann man es von dem Volke. Bei den Völkern wie bei den Einzelnen liegt der Wert des Lebens nicht in der Dauer, sondern im Inhalt. Der höchste Lebensinhalt aber besteht für den Einzelnen wie für das Volk, das ja nichts ist als die Vielen in organischer Verknüpfung, in der Hingabe an die Gesamtheit. Der Zweck der Gesamtheit liegt darin, diese Hingabe zu ermöglichen und dadurch dem Einzelnen wie dem Volke den höchsten sittlichen Lebensinhalt zu geben. Die Erreichung dieses Zweckes ist unabhängig davon, daß die irdische Erscheinungsform des Volkes vergänglich ist. Darum behält die Hingabe ans Vaterland ihren Ewigkeitswert für Ich und Volk, ob auch das Vaterland untergeht. Dem gleichen Gedanken wird in der zweiten Bismarcknovelle Ausdruck gegeben: »Umsonst? Es mag enden, wie es will – Ihr werdet Euer Brandenburg! Brandenburg! nicht umsonst gejubelt haben. Hat nicht der tote Begriff Vaterland lebendige Schönheit und Taten gezeitigt? Haben nicht tausend junge Menschen durch tausend Stunden menschlichen Lebens nicht an Leichtes und Leeres und Arges gedacht, sondern sind mit warmen und festen Herzen durch Tage und Nächte gegangen? Kann eine Zeit ›umsonst‹ sein, die aus dem sprödesten der Stoffe, aus dem menschlichen, Kunstwerke gemacht und sie auch denen offenbart hat, die sie wie Barbaren zertrümmern mußten?« Auch diese Ideen gewannen durch den Krieg vertieftes Leben. Schon im »Wanderer« klingt das Wort vom Schwerttod der Völker an. In dem Briefe vom 28. April 1917 heißt es: »Was ich von der ›Ewigkeit des deutschen Volkes‹ und von der welterlösenden Sendung des Deutschtums geschrieben habe, ... ist ein sittlicher Glaube, der sich selbst in der Niederlage oder, wie Ernst Wurche gesagt haben würde, im Heldentode eines Volkes verwirklichen kann.« Unter den Notizen zum »Wolf Eschenlohr« aber findet sich die Stelle: »Sieg oder Tod darf keine Phrase sein. Im Kampf um die gerechte Sache muß ein Volk auch den eigenen Tod erleiden können, ohne an der sittlichen Weltordnung irre zu werden. Der Endsieg des bösen Prinzips ist nur ein scheinbarer, das gute Prinzip hat sich zum Höchsten eben im Tode entwickelt und seine feinste Blüte getrieben, um derentwillen das Volk geschaffen worden war.«

Will man den Gedankeninhalt des »Wolf Eschenlohr« in einen Satz zusammenfassen, so kann man wohl sagen: Er sollte das Siegeslied jenes »unbeugsamen und zu keiner Konzession bereiten Idealismus« werden, der in allem Grauen des Krieges, im Tode und selbst im Gedanken an den Untergang des eigenen Volkes den Ewigkeitsglauben an Gotteskindschaft und Menschenbruderschaft festhält.

Eisenach, im März 1919.
Dr. Konrad Flex.

Wolf Eschenlohr

Erstes Kapitel

Die Erlanger Arminenfüchse entfalteten über dem leeren Festsaal des Burschenhauses die schwarzrotgoldenen Fahnen. Sie schoben die alten Kampf- und Festzeugen der Burschenschaft über das Holzgitter des Musikantenchors hinaus, schlossen die eisernen Fahnenhalter über den leise erzitternden Stangen und ließen die schwere, kostbare Seidenfülle des Fahnentuchs behutsam in die Tiefe des Saales niederrauschen.

Wie purpurne Netze sanken rechts und links des Chors die goldbestickten Seidenlasten in den aufwogenden Sonnenstaub, der den weiten Raum bis zu den hohen, in der Abendsonne brennenden Fenstern hin in breitschimmernden Bahnen durchzog. In funkelnden Wirbeln strudelte der Lichtstaub um die entrollten Fahnen. Ein stiebender Funkentanz sprang zuckend aus den goldenen Fransen und Stickereien. Ein Auf- und Niederwogen, ein Fluten und Verebben, dann stand das Licht wieder wie eine stille blendende Flut um die farbige Pracht der entrollten Fahnen.

Noch einmal quirlte und schäumte die leichte Fülle des sommerlich lauen Sonnenstaubs empor. Von der Mitte der Chorbrüstung herab sank die Seidenlast einer dritten Fahne knisternd in die helle Tiefe. Sie verdrängte den Schwall des Lichts seitab zur rechten und linken über die prunkenden Farben der Schwesterfahnen, die sich willig von ihm umstrudeln ließen. An ihr selbst aber wollte die Flut des Lichtes nicht haften. Schwarz, schwer und dunkel wie ein Sargtuch hing die Fahne herab, schwarz mit weißem Kreuze, schmucklos und grau von Alter. Wie eine Lichtscheide stand sie zwischen den Sonnenbahnen, in denen die Schwesterfahnen badeten. In den hellen, tiefen Festsaal hing sie hinab wie in ein Kirchengewölbe.

Der Jungbursch Wolf Eschenlohr hielt die linke Hand leicht auf das abgegriffene Rundholz der dritten Fahne gelegt und sah ihr schweigend nach, wie sie sich unter der eigenen Last geruhig straffte.

Die schwarze Fahne mit dem grauweißen Kreuz war ihm nicht fremd. Er kannte sie gut, die alte Kriegsfahne der Burschenschaft aus verschollenen Revolutionsjahren. Sein Großvater hatte sie den Bundesbrüdern vorausgetragen in den Zeiten, als der Traum vom deutschen Reiche Hochverrat gewesen war. Erzählungen, gierig in frühesten Kindheitstagen aufgesogen, Altmännergeschichten von Bütteldiensten und Brudertreue, Festungshaft und Kerkermauern umwitterten sie wie ein uraltes Schlachtenbanner. Im Geiste sah er den Großvater als Jüngling durch die Straßen von Erlangen schreiten, die schwarzweiße Fahne in Händen und das schwarzrotgoldene Band als ein verbotenes und verhohlenes Heiligtum auf der blanken heißen Brust unter dem kühlen Hemde.

Wolf Eschenlohrs Augen hafteten still an der alten Fahne wie in ratloser Verwunderung. Es sah sich an, als fragte er sie schweigsam und dringlich aus: Was willst du von uns? Was willst du heute von mir, du Kampf- und Leidenszeugin verklungener Zeiten?

Nur einmal von zehn zu zehn Jahren entfaltete sich die Sturmfahne der Burschenschaft bei den Jubelfeiern des Bundes über der nachwachsenden Jugend als schweigsame Mahnung aus harter Vergangenheit.

Alte Fahne, was hat deinen Schlaf mitten zwischen den Festen gestört? Was entrollst du mit einmal in festlosen Tagen Kreuz und schwarze Seide? Was willst du von uns?

Wolf Eschenlohr wußte wohl, warum die Burschenschaft ihre Fahnen wie zu einer Jubelfeier entfaltete. Die Erlanger Arminia rüstete den Brüdern das Abschiedsfest, ehe sie zum Kampfe an die Grenzen zögen nach Osten und Westen und auf die Stahlplanken der deutschen Schiffe.

Aber sein Herz glaubte nicht an den Krieg, von dem alle Menschen mit heißen oder blassen Lippen sprachen. Seine Seele wußte nichts vom Kriege und rief ihn nicht. Wurzelfest und sonnendurstig wuchs sein Knabentum in die Mannesjahre hinein. Lebenstag fügte sich ihm an Lebenstag, kräftespeichernd und herzweitend. Er rief den Krieg nicht, aber er witterte ihn dennoch ungläubig ahnend und in der biegsamen Kraft seiner Seele erschauernd. Irgend etwas sträubte sich in ihm ahnungsvoll gegen das Fremde, Ungeheure, Unentrinnbare, das seine geruhig und schön nach eingeborenen Gesetzen wachsende Seele vergewaltigen und in jäher Glut zur letzten Reife zwingen wollte. Irgend etwas in ihm wehrte sich unklar und mit leisem Schmerze gegen den Überfall der Kraft, die ihn aus sich selbst herausriß und ihm neue und unerhörte Gesetze des Werdens und Wachsens vorschrieb.

Die Sonne umwanderte das Haus. Die Fahnen der Burschenschaft sanken in Schatten und Traum.

Wolf Eschenlohr sah träumend in den dämmernden Raum mit den schlummernden Fahnen hinab wie in ein stilles, tiefes Wasser voll fremder Geheimnisse und abgründiger Wunder.

Heinz Borkenhagen, der Sprecher und Fechtwart der Arminen, trat federnden Schrittes aus dem Ehrenrichterstübchen, wo er über den Papieren der Burschenschaft gearbeitet hatte. Der Paradespeer, den er lässig in der Rechten trug, scheppterte leicht mit der Klingenspitze über die Buchenholzdiele. Im Vorübergehen sah er den schlanken Jungen im Schatten, dessen helles Gesicht weiß über der leeren, grauen Tiefe leuchtete.

Er schob seine Linke mit scherzhaftem Pressen unter Eschenlohrs Arm und rüttelte ihn, als müßte er ihn wecken:

»Wölflein, alter Murrkopf, freust du dich nicht?!« In dem sommersprossigen Landsknechtsgesicht um den roten Schnurrbart wetterleuchtete es von verhaltener Rauflust und ungebärdiger Kraft.

Wolf Eschenlohr hob ohne Hast den Blick zu den Augen des Bundesbruders. Er sah den andern beim Reden immer, im Wortkampf wie bei traulicher Zwiesprache hell in die Augen, so als ob im Auge des andern die Seele seiner Worte sichtbar sein müsse. Dieser Blick war nie lauernd, nie dringlich oder spöttisch, nicht einmal fordernd, er war frisch, rein und offen. Es wärmte das Herz, in diese reinen jungen Augen hineinzusprechen. Sie hatten den hellen Blick des geschulten Fechters, der sich auch im Wortkampf nicht verleugnet. Er hörte nicht auf die Worte der andern, sondern suchte nach der Seele, die die Worte formt, so wie der Fechter nicht auf die Hand des Gegners und ihre trügenden Finten blickt, sondern gradwegs auf sein Auge. Der volle braune Schopf, der ihm weich in die Schläfen fiel, konnte die helle, klarleuchtende Knabenstirn nicht verdunkeln.

»Ich glaube es nicht«, sagte der Jungbursch ruhig, ohne seine Augen aus denen des anderen zu lassen. »Ich kann es noch nicht glauben. Es geht mir nicht ein.«

Heinz Borkenhagen spürte deutlich, wie nicht ein Funke aus der brodelnden und brandenden Glut, die sein Herz siedend füllte, in die Seele des anderen übersprang. Mit einem raschen Ruck zog er seinen Arm zurück. Eine leichte Verdrießlichkeit flackerte durch seine Stimme.

»Pah,« sagte er, »nicht einmal freuen soll's uns, wenn's endlich losgeht? Da rücken nun Russen, Franzosen und Engländer, und wie die Herrschaften sonst heißen, Jahr um Jahr enger zusammen und tuscheln und vergiften uns das Brot und gießen Kanonen! Und wir singen und schreien das ganze Jahr hindurch: ›Ehre, Freiheit, Vaterland!‹ und lassen's uns von den Mädeln auf unsre Bänder sticken! Und nun, wo das Warten zu Ende geht, soll's uns nicht in den Fingern jucken, zu beweisen, daß es uns ernst war? und daß unsere roten Mützen mehr waren als Faschingskappen?!«

Er schob sich die Karmoisinkappe mit dem goldgestickten Eichenkranz aus der Stirn und schlug mit dem Paradespeer ein paar sausende Lufthiebe. Eine schwippende Terz mit steilem Arm frei aus Hand- und Schultergelenk gestoßen und einen flutschenden Durchzieher als Nachhieb.

Ein Rudel Füchse stob die Treppe hinauf und staute sich um den Fechter. »Flach! Flach!« hohnlachte einer von ihnen. Borkenhagen pfiff durch die Zähne. Terz! Durchzieher! Er schlug seine Hiebfolge noch einmal und jetzt schnitt der Nachhieb mit scharfem, hartem Klingen durch die Luft, wie der Ton eines zerspringenden Glases.

»Bravo! Bravo!« lärmte die übermütige Horde und drängte an dem Fechtwart vorüber ins Lesezimmer, wo die Zeitungen auslagen.

»Hohe Zeit für scharfe Hiebe!« schrie einer noch mal zurück. »Die Neunzehner schleifen in den Kasernen schon ihre Seitengewehre!«

Heinz Borkenhagen stieß ein gutmütig knurrendes Lachen hervor und stieg dröhnenden Schrittes die Treppe hinab.

Unbemerkt von den Brandfüchsen, die mit polternden Füßen und heißen Köpfen treppauf gestürmt waren, unbemerkt auch von Heinz Borkenhagen, der zu den singenden Brüdern auf die Gartenterrasse eilte, war ein Alter Herr der Burschenschaft ins Haus getreten. Ein seltener Gast in den vier Pfählen des Bundes schritt die Wendelstiege des Treppenhauses empor, Professor Wachsmuth, der greise Kantforscher der Hochschule. Er gehörte der Sage nach noch zu den Alten, die unter der schwarzen Kreuzfahne durch die Leidenszeit der kämpfenden Burschenschaft geschritten waren. Er nörgelte nicht an dem jungen Nachwuchs, der angeblich den Kriegsschatz des alten Bundes an Idealen und Gedanken für kurzlebige Bierbankbegeisterung und festseligen Redeschwall in Scheidemünze umsetzte, er hielt auch den Nachgeborenen schweigend die Treue und ließ ihnen ihr Recht, aber er saß selten in ihrer Mitte.

Auch heute suchte er nicht die Bundesbrüder, er suchte einen seiner Schüler, der ihre Farben trug.

Er fand ihn bei den entfalteten Fahnen der Burschenschaft über dem verdämmernden Saale. Ein feines, wissendes Lächeln, das voll Güte und Neigung war, spielte um seine Lippen, als er ihn sah.

Er rührte den Träumenden an der Schulter. »Grüß Gott, Eschenlohr,« sagte er ruhig.

Artig und ehrerbietig trat der Jungbursch aus dem Schatten des Musikantenchors.

»Grüß Gott, Alter Herr! Suchst du jemand?«

»Dich!«

Schweigend standen sich Greis und Jüngling gegenüber, und es sah einer des andern Verstehen.

Der alte Wachsmuth empfand wieder, empfand mit Wissen und Willen die herzliche Neigung, die ihn zu seinem jungen Schüler zog. Im Kantseminar der Hochschule hatte er oft in Wolf Eschenlohrs Augen hineingesprochen. Von Stunde zu Stunde hatte es ihn beglückt, die spürende und hellhörige Aufmerksamkeit zu sehen, die in seinen wahren klaren Menschenaugen war und ihm in Frage und Antwort frisch von den warmen jungen Lippen sprang.

Wolf Eschenlohrs Herz tat ein paar rasche, harte Schläge. Neigung und Verehrung, die zwischen Lehrer und Schüler wob, blühte zum ersten Male sichtbar auf. Zu den tiefsten und stillsten Freuden des Jünglings hatte es gehört, im Hörsaal in das Greisenantlitz des alten Wachsmuth zu schauen, das von der Leidenschaft der Wahrheitssucher und Weisheitsfinder verwittert schien. Steil und drohend stand die fahle, gedankenüberlohte Gelehrtenstirn über der hohen und hageren Gestalt. Die straffe, lederfarbene Gesichtshaut stach dunkel vom weißen Barthaar ab und erschien gleichsam ausgedörrt von der Ewigkeitsglut der Augen, die wie eine Flamme unter hochgewölbten Stirnbuckeln hervorschlug und die buschigen, schlohfarbenen Brauen versengt zu haben schien.

»Ich habe meinen Abendgang zu den Burschenhäusern und Kasernen vor die Stadt hinaus gemacht,« fuhr Theobald Wachsmuth fort, »Studenten und Soldaten sangen vom Kriege. Horch! Auch die Arminen singen auf der Gartenterrasse ...«

Greis und Jüngling lauschten. Durch die brütende Stille des sommerwarmen Treppenhauses quoll es empor:

»Heraus, heraus die Klingen –!
Laßt Roß und Klepper springen –
Der Morgen graut heran –
Das Tagwerk hebet an –
Traralleralleralla tra – ralleralla ...«

In seiner Zweieinsamkeit mit dem Alten fühlte sich Wolf Eschenlohr zum ersten Male angeweht von den nieempfundenen Schauern einer großen Schicksalswende. Sein Herz begann sich gläubig der fremden Macht der Stunde zu öffnen. Was ihm die stumme Sprache der Fahnen und die lärmende Begeisterung der Bundesbrüder nicht faßbar und glaublich machen konnten, das offenbarte ihm die wortkarge Liebe des verehrten Mannes, die zum ersten Male sichtbar aus der stillen Klarheit seines Wesens heraustrat.

»Du sollst noch einmal zu mir kommen, ehe du hinausfährst. Darum wollte ich dich bitten.«

»Morgen wollen sie Abschied feiern«, erwiderte Wolf Eschenlohr und deutete in den verdunkelten Saal unter den schwebenden Fahnen. Ein letztes, schon ungläubiges Sich-Wehren für den behüteten Frieden seiner ebenmäßig wachsenden Jugend sprach aus Stimmung und Haltung.

»Den lauten Abschied meine ich nicht«, wehrte der Greis ruhig in leiser Rührung. Keine Falte der Knabenseele blieb ihm verborgen. »Eine stille Stunde sollst du mir noch schenken.«

Seine Hand hob sich behutsam auf die schmale Jünglingsschulter. »Ich habe dich liebgewonnen, Wolf.«

Da warf sich Wolf Eschenlohr in jäher Erschütterung an die Brust des greisen Freundes. Er empfand wissend die Offenbarung der Stunde, in deren tiefer Glut die stille, kühle Sachlichkeit des Gelehrten umgeschmolzen wurde in väterlich starke Liebe.

Das unbegriffene Schicksal entschleierte sich ungeheuer und riesenhaft in seiner wesenverwandelnden Kraft, die nur Willen und Liebe gelten ließ, erschütternd und voll unerhörter Schönheit.

Die feinen Altmännerhände des Gelehrten umspannten die heißen Schläfen des Jünglings. Wille und Liebe brannten klar auf in den Greisenaugen; Freundesaugen, Vateraugen leuchteten sie stark und warm über dem zurückgebogenen Haupte und der hellen Stirn des Jungen. Der Blick des Alten war ein letztes, tiefes Prüfen, das zur Besitznahme wurde.

»Nun weiß ich: Der Krieg ist da«, sagte Wolf Eschenlohr.

»Komm' morgen zu mir!« bat der Greis und löste, sich der Weichheit erwehrend, die Hände von den pulsenden Schläfen des tieferregten Jungen, der seiner Seele nicht mehr mächtig war. Schweigend stiegen sie die Treppe hinunter. Die Hand des greisen Gelehrten lag schwer auf der jungen Schulter, die ihn unmerklich mit scheuer, knabenhafter Rücksicht stützte.

Der Alte hatte unter seiner Hand das Gefühl einer biegsam federnden Degenklinge. Die lässige Anmut des Knaben war in dieser Stunde ganz zu geschmeidiger Kraft und schmiegsamer männlicher Straffheit geworden, aber die feinfühlig scheue Ehrfurcht der Jugend war gut und liebenswert nachgeblieben. Der alte Wachsmuth empfand mit wacher Freude die scheue, knabenhafte Rücksicht, mit der ihn der Jüngling stützte, ohne es merken zu lassen. Die Herzlichkeit, mit der der Schüler unter der Tür des Burschenhauses von dem Gelehrten schied, war bescheiden und voll wortscheuen Dankes.

Wolf Eschenlohr stand allein in der dunklen Diele und plötzlich fühlte er den Druck der Stunde wie eine körperliche Last, die er sprengen mußte.

Die übermächtige Spannung seines verwandelten Wesens verlangte nach Entladung.

Das Wissen von der Unentrinnbarkeit des Schicksals war wie ein Kraftrausch über ihn gekommen, der bis in Knie und Knöchel hinab erregend nachbebte. Du möchtest tanzen oder fechten jetzt, dachte er, fechten oder tanzen bis zum Umfallen!

Von der Gartenterrasse her schlug ihm der Schwall der Burschenlieder und der aufwogende Duft aus dem Jelängerjelieber-Gehänge entgegen. Er schnellte mit einem Tänzersprunge die Treppe empor, stürmte durch die leeren, hallenden Kneipräume, die durch die schwarze Wandmosaik von Studentensilhouetten aus drei Menschenaltern noch dunkler wurden, und öffnete klirrend die Glastüre zum Garten. Hochatmend, mit einem hellen, kampflustigen Blick umfaßte er die Runde der Rotmützen.

Sein Auge suchte Heinz Borkenhagen, den Fechtwart, der unter den Altburschen saß.

»Hallo, Borkenhagen! Hast du Lust auf ein paar Gänge Säbel?« Schwirr wie ein Kampfschrei flog ihm der Ruf vom Munde.

»Immerzu, mein Junge!«

Der Hüne fuhr lachend empor, daß der zurückgestoßene Eichenstuhl auf den Steinfließen kreischte. Er schritt dem Jungburschen entgegen, dessen Augen ihm ungeduldig entgegenflackerten und faßte ihn mit derbem Griff über die Schulter.

»Spürst du endlich auch Lust, mein Söhnchen, die Zeit totzuschlagen, die wie ein faules Untier zwischen heute und morgen liegt und uns nicht durchlassen will?«

Wortlos warf Wolf Eschenlohr die schwarze Samtpekesche und das weiße Hemd ab, schnallte den Paukschurz um Brust und Hüften, fuhr in die Armstulpen und wog prüfend ein paar der schweren Fechtbodensäbel im spielenden Handgelenk. Er verwarf und wählte. Einen Blick auf den andern – auch der stand breitbeinig bereit. Mit einem Ruck stülpten beide die eisenvergitterten Filzhauben auf, griffen mit der freien Linken rückwärts in den Hosengurt und traten an den Kreidestrich, den ein Bundesbruder gezogen hatte. Das Gas flammte singend auf und durchhellte den dunklen Saal. Und nun probten sie Kraft und Können im klirrenden Waffenspiel.

»Fertig?« fragte Borkenhagen, seine Augen in den Augen des Gegners verankernd.

»Los!« rief Eschenlohr und stieß den steilen Blitz einer leichten Terz spielend über den Handschutz des andern. Die Klingen wetterleuchteten. Stahl schlug schmetternd auf Stahl. Nur selten dröhnte hüben oder drüben ein Hieb mit dumpfem Prall auf Haube oder Brustschurz. Borkenhagen kannte den Jungburschen als behenden Fechter, heute staunte er über die zähe Kraft des Gegners, die sich in pausenloser Folge der Gänge nicht erschöpfen ließ. Unbeweglich fast parierte der Riese die raschen Finten und das verblüffende Nachstoßen des andern, der seine Kraft immer wieder in gliederstraffendem Ansprung verausgabte. Als er den Jüngeren ermattet glaubte, schmiedete er ihm seine wuchtigen Quarten schwer über das dröhnende Eisen von Korb und Klinge.

»Eine Pause, Eschenlohr – ?«

»Weiter!« rief der Jungbursch klingend, und minutenlang prasselte eine stürmische Hiebfolge.

Das letzte heraus –! dachte Eschenlohr in der Luft der entfesselten Kraft – so habe ich's gewollt! Auch Borkenhagen wurde heiß. Aber schwerer und schwerer wuchteten seine Quarten gegen den flirrenden Stahl des Angreifers.

Die Rotmützen der Arminen schlossen sich zu einem leuchtenden Kranz um die Fechter. Die große, gelbe Gasflamme brauste. Schweigend und erregt staunten die Burschen in das Kampfspiel, das zur Kraftprobe wurde. Nie hatten sie einen der beiden so fechten sehen wie in dieser Nacht. Hier und da im Kreise loderten ein paar Altherrenaugen in jungentbrannter Lust.

Pausenlos jagten die Klingen einander nach und übersprangen sich mit hellem Klirren. Funken stoben aus Korb und Klinge, wenn Borkenhagen nachschlug. Aber immer wieder sprang Eschenlohrs Klinge auf, steil wie eine Stichflamme, die sich nicht austilgen läßt.

»Halt–!« schrie Eschenlohr schmetternd. Mitten in einer blitzschnellen Quartfinte verlor er die Gewalt über Hand und Säbel. Die Finger, die den Griff umklammerten, lösten sich von selbst, als ob Sehnen und Muskeln wie Bänder zersprängen. Der Zeigefinger verlor die Schlaufe. Der Säbel wirbelte durch die Luft wie eine abgeschlagene Klinge und schlug rasselnd zu Boden. Dem Waffenlosen, der mit geschlossenen Füßen straff und ohne zu zucken am Kreidestrich stand, prasselte die unaufhaltsame Wucht der angezogenen Quarten des Gegners über Kopf und Brust und Schulter. Er stand, ohne mit der Wimper zu zucken, vom Scheitel bis zum Zeh in stählerner Willenszucht und gebändigter Kraft übermütig erbebend.

»Verzeih', Eschenlohr!« rief Borkenhagen erschrocken und schleuderte den Säbel fort.

»Schon gut!« lachte der Jungbursch tiefatmend. »Angezogener Hieb, Borkenhagen! Da ist nichts zu entschuldigen.«

Sie warfen Haube, Stulpen und Schurz ab und standen mit wogender Brust, heißäugig und mit hämmernden Schläfen still. Der Dunst des Kampfes stieg wie ein helles Gewölk beiden von Leib und Haupt. Mitten in der Erschöpfung spürten sie die tiefe Lust ihrer frisch-versuchten jungen Kräfte.

Im Badezimmer traten sie unter die Brausen. Mit weitgeöffneten Poren empfing der erhitzte Leib das Labsal des niederrauschenden, versprühenden Wassers. Sie standen da und lachten sich an: bärenhaft und ungefüge der eine, rote, dampfende Glut und berserkerhafte Stärke, und neben ihm der andere klaren Angesichts und hellen Leibes, voll hurtiger Kraft und Schlankheit – beide Brüder und Söhne derselben Kraft, die der Feuertaufe entgegenharrte.

Sie fuhren erfrischt in die Kleider und schritten Arm in Arm zu den singenden Brüdern auf die Gartenterrasse unter den sommerlichen Sternen.

Ein Hallo brach unter den Jungburschen aus, als Eschenlohr unter sie trat. Dessen Wesen war wie verwandelt. Sonst hatte er sich lieber zu den Stillen als zu den Lauten gehalten. Nie hatte er viel Aufhebens von sich gemacht. Als ihn jetzt die ganze heiße, mützenwirbelnde, gläserschwenkende Horde stürmisch wie einen Gladiator begrüßte, da flossen Lust und Rausch der Sommernacht, Lust und Rausch der Fiebernacht zwischen Krieg und Frieden leicht auf ihn über. Die roten Lippen sprangen ihm lachend auseinander. Beide Hände streckte er den Brüdern an den blütenüberregneten Tischen unter Gottes freiem Himmel hin. Er suchte ihre Hände, ihre Augen. Er fühlte sich einig und eins mit ihnen, eins in Lust und Lachen, eins in Willen und Liebe, eins in Ergriffenheit und Hingabe. Er war ein Teil ihrer hellsprudelnden, springlebendigen Kraft, die in quellenden Liedern zu den ewigen Sternen emporjauchzte.

Das Herz schlug ihm wild. Das ganze Leben war zum Abenteuer geworden.

Durch die sommerstille Luft, über die Dächer der schlafenden Stadt hin ebbte und schwoll das Dröhnen der nach Süden, nach Norden fernhin stampfenden Eisenbahnzüge ...

Krieg! donnerten die Achsen. Krieg! jauchzten tosend die Burschenlieder. Krieg! hämmerten die ungebärdigen, ungestümen Pulse in Blut und Gliedern der Jünglinge ...

Einer der jungem Altherren, die zahlreich unter den schwarzen Samtpekeschen und den hellblauen Waffenröcken der bayrischen Einjährigen saßen, zog Eschenlohr lachend auf einen leeren Stuhl nieder. »Hingesetzt, Eschenlohr! Junge, das Kriegsfieber brennt dir ja aus der Haut, daß man Fackeln dran anstecken könnte! Besser keinen Wein? Was? Es wäre Fett ins Feuer gegossen, Junge!« Wolf Eschenlohr senkte lachend mit leichtem Druck den Flaschenhals in der Hand des andern, und der Mosel strömt ins Glas.

Städtenamen und Zahlen schwirrten durch die Gespräche an allen Tischen – Garnisonen und Regimentsnummern, Namen und Zahlen, Zufallslose heute, Menschenschicksale morgen, Lebenslose und Todeslose ...

Mitternacht kam. Mitternacht hallte von den Türmen. Die stille Luft erzitterte unter den zwölf schweren Schlägen. In den Tiefen der

Gassen dröhnte es nach. Als Klingen verschwebte es über Gärten und Dächern, Burschenhäusern und Kasernen ...

Die Studenten waren aufgestanden.

Still war es in der Runde.

Die roten Mützen säumten die Tische wie Rosengewinde.

Barhäuptig sangen die Arminen ihren Wahlspruch, einer den Arm um den Nacken des andern geschlungen.

»Mit Gott für Freiheit ... Mit Gott für Freiheit, Ehre ... Mit Gott für Freiheit, Ehre, Vaterland ...«

Der 2. August war da. Der Krieg war Gegenwart. Kriegssonntag war angebrochen. Der erste Mobilmachungstag war Wirklichkeit ...

Dem unsichtbar schreitenden Schicksal jauchzten die Burschenlieder entgegen. Die ganze Nacht.

Als die erste Sonne durch die Tabakswolken stach und die Gasflammen im Schankraum fahl wurden, schleppten die Burschen Tische und Stühle von der Terrasse tiefer in den blühenden Garten und sangen mit den erwachenden Vögeln um die Wette weiter.

Sie warfen Pfirsiche in den Wein und hoben die Gläser zu lachendem Morgengruß wieder und wieder, wenn straßauf, straßab an den Häuserfenstern Läden und Scheiben morgendlich erklirrten, die Vorhänge im Zugwind auseinanderrauschten und ein weißer Arm, ein Mädchenkopf zwischen den wehenden Gardinen sichtbar wurden.

Es dauerte auch nicht lang, da schob sich der »Stenz«, einer von den Stadtlumpen, der jeden, der ihm ein Bier zahlen konnte, Schindluder mit sich treiben ließ, am Eisengitter des Studentengartens entlang und lungerte dösig in der Morgensonne herum.

Er hatte den frühen Weingeruch in der Nase und lauerte gelüstig darauf, daß ihn einer der Burschen an einer Neige herumschmatzen ließ. Aber ihnen waren die Köpfe heiß in der Morgenkühle und sie waren nicht in der Laune, sich mit ihm abzugeben.

Schließlich lachte doch einer der Jüngsten über die gierige Genäschigkeit des Hals- und Augenverdrehers und schnalzte ihn heran wie einen Hund. Er kam auch sofort und zwängte seine schwammige Hand durch die Gitterstäbe, als ihm ein weindurchsogener Pfirsich zugeworfen wurde.

Kaum einer achtete darauf.

Die Studenten sangen und hatten die Augen am blaßblauen Morgenhimmel.

Jenseits des gründurchrankten Gitters, durch das die ersten Finken und Sonnenstrahlen schlüpften, trotteten die Arbeitertrupps schweigend zu ihren Fabriken. Ihre Augen hingen am grauen Asphalt. Studenten und Arbeiter sahen sich nicht. Nur einer von ihnen, ein blasser, hagerer Mann warf im Vorbeigehen einen verächtlichen Blick auf den Lumpen, der an seinem Pfirsich schleckte, und machte einen Bogen um ihn herum, als könnte er sich beschmutzen.

Zwei von den Studenten hatten den kleinen Vorfall bemerkt, Eschenlohr und Borkenhagen.

Wolf Eschenlohrs warmblütiges Herz schlug in einer raschen Erregung. Ein unklares Schuldgefühl rührte ihn an.

Zufällig kannte er den Mann auf der Straße von den Arbeiterkursen her, die die Studenten an ein paar Wochentagen nach Feierabend hielten.

Der Name schoß ihm durch den Kopf: Karl Igelshieb, Arbeiter in Kränzleins Bürstenfabrik. Ein verschlossener, stiller Lerner, der einem auffallen mußte. Arbeiterkamerad! dachte Eschenlohr in einer raschen herzlichen Wallung. Kriegskamerad von heut ab!

Es wurde ihm ganz warm dabei. Rasch füllte er ein großes Glas, schwang sich auf den Trittstein des Gitters und hielt dem Arbeiter über den blühenden Ranken das volle Glas hin.

Mit einem raschen Erstaunen sah der blasse Mensch auf. Dann schob er mit einer verächtlichen Bewegung das Glas beiseite.

Ganz ruhig tat er das. Er berührte dem Studenten nicht einmal den Arm und vergoß keinen Tropfen. Er schob es nur eben weg, als wenn es schal und ekel wäre, und ging weiter. Dabei sah er den schlanken Jungen im schwarzen Samtflaus an, als wollte er sagen: Wir haben noch lange nichts miteinander zu schaffen, und euer Wein ist mir zu schlecht.

Wolf Eschenlohr schoß das Blut tief in die Stirn. Er tat eine rasche Bewegung, als wollte er dem Arbeiter nachlaufen. Dann ließ er das Glas sinken und trat still an den Tisch zurück. Er setzte das Glas nieder ohne ein Wort.

Heinz Borkenhagen war nichts entgangen. Er sah alles, was vor ihm geschah: Die Studenten sangen, und die Arbeiter trotteten zu ihren Maschinen. Der warmherzige Junge bog sich über das blühende Gitter, um den Kameraden zu grüßen, und sah in die Augen eines Feindes. Der eine beschimpfte, indem er das Glas darbot, und der andere, indem er's zurückschob. Und den Tag über würden die Lieder im Garten und die Maschinen im Fabriksaal weiterlärmen ...

Er trat zu Eschenlohr, der nachdenklich abseits stand, und legte ihm die Hand auf die Schulter.

»Nein, Wolf Eschenlohr,« sagte er leise, »die Kluft dieser zwei Welten ist nicht mit einem Tänzersprung zu überwinden. Es hat mancher gute Junge aus gutem Hause, der auf deutschen Hochschulen die Gassen mit seinen papageienfarbenen Lustigkeiten füllt, keine Ahnung, wie das Echo seiner leichten Schritte in den Dachkammern hallt, wo die ärmeren Brüder sitzen und mit verschlossenen Lippen lauschen. Wenn du klare Sinne gehabt hättest, mein Junge, so hättest du das vorhin nicht getan.«

»Nein«, sagte Eschenlohr und sah ihn voll an. »Siehst du, in unsern Arbeiterkursen habe ich oft das Mißtrauen der Enterbten gegen uns Buntbemützte durchgefühlt, und es hat mich gekränkt. Und nun gebe ich einem von ihnen und nicht dem Schlechtesten, selbst das Recht zum Mißtrauen, behandle ihn wie einen Bettler und schreie ihm förmlich zu: Wir verstehen uns nicht, du und ich, merkst du's?!«

Borkenhagen nickte.

Wolf Eschenlohr sprach weiter. Er war ganz blaß vor innerer Erregung. »Ich merkte es auch sofort. Aber es war zu spät. Als ich hinter ihm hersah, fuhr mir's durch den Kopf: Du mußt hinter ihm dreinlaufen und ihn um Entschuldigung bitten! Aber ich wußte nicht, wie er's aufnahm, und ihr andern saßt alle dabei, und da ließ ich ihn einfach laufen.«

Borkenhagen nickte schwer, als hörte er eine Beichte.

Da sagte Eschenlohr so laut, daß die andern erstaunt die Köpfe hoben: »Ich hätte ihm einfach nachlaufen sollen und sagen: Ich habe mich da eben wie ein dummer Junge benommen, seien Sie mir nicht böse, ich merke es jetzt schon selber! Aber das habe ich nicht fertiggebracht. Aus Schlappheit. Punktum.«

Er schrie fast, als er das sagte. Borkenhagen klopfte dem Tiefer-regten ruhig die Schulter. »Treppenwitz, Eschenlohr,« sagte er ohne Spott. »Wenn wir noch länger hinterdreindenken, wird uns noch manches einfallen.«

Eschenlohr gab dem Bundesbruder die Hand und ging ohne Ab-schied durch den Garten. Mit fast väterlichem Gefallen schaute ihm Borkenhagen nach, während er davonschritt.

Der Jungbursch suchte in der Einsamkeit der sonnentrunkenen Morgenstille sich selbst.

Langsam stieg er den birkengesäumten Sandweg durch die Föh-renwildnis des Ratsbergerwaldes empor. An dem Studentengrab auf der Höhe, wo die lichte Schau auf Wasser und Wiesen des Reg-nitztales sich öffnet, zu Füßen des verwitterten Steinkreuzes streck-te er sich ins Moos, unter dessen Decke die Wurzeln wie das Ge-flecht einer groben Matte liefen. Aus der Tiefe des Tals dünstete das Wasser. Von den roten Föhren im Dickicht troff das zähflüssige Harz langsam nieder und beizte die sonnige Luft mit herbem und strengem Duft. Schwarze und rote Ameisen wuselten um Staub- und Nadelhügel und schleppten sich mit Kiefernnadeln ab wie kribbelnde Haufen von speertragendem Volk. Ein Tauber gurrte trunken im Holze, und über der Lichtung antwortete in spröden und erregenden Pausen die Taube. Die Wasser in der hellen, war-men Tiefe wechselten, wie die weißen Wolkenballen sich über die Sonne türmten und wieder ins freie Blaue hinausschwammen, ihren Glanz. Bald lagen sie schillernd und schimmernd und augenblen-dend, bald überzogen sie sich mit stumpfem, wässrigem Grau wie mit einer schlüpfrigen Haut. Ein weißhaariger Herr im schwarzen Pastorenrock schritt talab in eins der Dörfer im Grunde, ohne Wolf Eschenlohr zu bemerken. Ab und zu stand er, wie von Gedanken überfallen, stille und warf den Kopf in den Nacken, als müßte er lauschen. Seine bartlosen Lippen bewegten sich, ohne sich zu teilen. Seine Brauen schoben sich unter der hohen Stirn ineinander und auseinander, wie die Gedanken sich drängten oder klärten. Lange stand er unter einer Gruppe breiträumig wachsender Eichen, die ihn schweigend wie eine urzeitliche Gemeinde umscharten.

Wolf Eschenlohr kannte den Alten nicht. Aber er sah wohl, daß er sich in Gottes morgenhellem Walde Gedanken zu seiner ersten Kriegspredigt holte. Durch die Kirche im Tale mußte es wohl, wenn er sprechen würde, aus seinen Worten strömen wie Erdgeruch und Harz und herber Laubduft von Eichen.

Lange sah Wolf Eschenlohr auf den Alten. Und die wortlose Predigt der leise bewegten Lippen erregte ihm eine herzklopfende Unruhe.

Der Greis schritt zu Tal.

Der Tag wuchs rasch in einschläfernder Stille. Im Halbschlummer träumte Wolf Eschenlohr in den struppigen Wipfel einer Riesenföhre empor, aus deren schwarzgrünem Dunkel die rotbuschige Rute eines Eichkaters bald hier, bald da wie ein spielendes Harzflämmchen hervorschoß. Dann verlor er sich selbst.

In irrlichterndem Traume begegnete er dem Arbeiter wieder, dessen verächtlicher Haßblick ihn in den Wald hinausgetrieben hatte.

Karl Igelshieb marschierte ihm zur Seite durch den mahlenden Sand öder, baumloser, sonnenverbrannter Heide ... Mühsam arbeiteten sie sich vorwärts unter der Last grauer staubiger Röcke und glühender Helme ...Querüber wie ein Sklavenjoch trugen sie ihre Gewehre über den schweren Tornistern ...Karl Igelshieb ging mit wankenden Knien und hängendem Kopfe. Immer wieder fuhr er mit dem Rockärmel über die schweißüberschwemmte, staubige Stirn ...Wolf Eschenlohr griff nach dem Gewehr des Kameraden, um ihm die Last zu erleichtern, aber der Arbeiter verzog das Gesicht zu einer höhnischen Grimasse, die ihn zurückscheuchte ...

Dann plötzlich war er mit dem Arbeiter im dichtesten Getümmel. Ein fratzenhafter Turko sprang mit gefälltem Bajonett gegen Karl Igelshieb an und zückte ihm das Eisen gegen die nackte Kehle. Er selbst fuhr mit beiden Händen in die tödliche Waffe und riß sie beiseite. Aber der Arbeiter schlug eine Lache auf, hart, höhnisch und unversöhnlich, und glitt an ihm vorüber wie ein Dämon ...

Wolf Eschenlohr erwachte. Kindisch war sein Träumen gewesen und dennoch marternd. Das Schlafen im Walde hatte ihn eher ermattet als erfrischt. Er schritt langsam zu Tal, aß in Frankenreuth bei den Bauern und wanderte nach Erlangen zurück.

Am Spätnachmittage entsann er sich der Einladung Theobald Wachsmuths. Beinahe hastig machte er sich auf den Weg zu dem greisen Gelehrten.

Die Arbeitsstube des Philosophen mit ihrer dunklen Eichentäfelung und dem warmen Grün der Vorhänge vor den großen Bücherschränken strömte Frieden und Ruhe aus. Das klare Altmännergesicht mit den gütigen Augen mahnte herzlich zur Selbstbesinnung.

Er redete sich das Erlebnis des Vormittags und die Knabenträume im Walde vom Herzen. »Der Arbeiter im Traum war in seinem Recht, als er mich verlachte,« sagte er ruhig. »Wenn ich ihm da draußen ein Bajonett beiseite schlage, tue ich nur das Selbstverständliche, das nichts gutmachen kann. Wir sind dann nur zwei Räder in einer Maschine, die aufs Zusammenwirken eingestellt sind. Mache ich zuviel Wesens um ein Nichts, alter Herr? Sieh', ich glaube, du verstehst mich recht gut. Es sind gar nicht Wolf Eschenlohr und Karl Igelshieb, die sich heute zum erstenmal in die Augen gesehen haben. Wir sind nur zwei unter Tausenden, hüben und drüben. Wir haben sie schon früher gesehen, die tausend anderen: die Schüler, die zur Schule ziehen, die Arbeiter, die zur Fabrik trotten, die Kompagnien, die in den Sonnenbrand hinausmarschieren, die Tagelöhner, die vom Felde kommen, – wir haben sie gesehen und allzuwenig gefühlt beim Begegnen. Es waren Schüler, Arbeiter, Soldaten, Tagelöhner, die wir sahen. Und nun mit einmal merken wir, es waren schon immer unsere Brüder, nach denen wir zu wenig fragten. Jetzt möchten wir einem jeden unter Helm und Mütze sehen, wenn er vorüber geht, und ihn fragen: Wie ist's dir ums Herz, Bruder? Und wir fühlen, wir haben bisher auf unserm Weg immer zuviel auf die eigenen Füße und zu wenig in die Gesichter der anderen gesehen. Ist's nicht so?«

Theobald Wachsmuth ließ ihn ausreden. Er ließ ihn nicht einmal spüren, mit welch' herzlichem Gefallen er zuhörte. Er sah durch den Jungen hindurch wie durch Glas, und er sah den neuen Menschen in ihm, der sich anschickte, einen neuen Weg zu gehen und der keinen unversöhnten Groll auf diesem Wege hinter sich haben konnte. Er wollte ihm den Weg zur Versöhnung zeigen, so gut er's vermochte. Mit einem feinen, unmerklich leisen Lächeln des Einverständnisses streifte der Greis, als er antwortete, die Büste Friedrich Hebbels, des Proletariersohnes, die ihm zur Linken über den Büchern stand.

»Sprichst du nicht von der allgemeinen und angeborenen Schuld der Menschheit, Wolf, an der wir alle mitschuldig sind? Du bist ihrer nicht erst heute teilhaftig geworden durch Gedankenlosigkeit, du bist ihrer nur inne geworden wie einer Krankheit. Mit der Menschwerdung zugleich ist der mit sich einige und schuldlose Gott in Ich und Du auseinandergespalten und der Schuld überantwortet worden. Der Gott im Menschen wird immer den Weg zur Entsühnung aus der Vielheit zur verlorenen Einheit suchen gehen. Zeugt nicht unser Volksgewissen selbst in seiner Sprachschöpfung unbewußt von dem großen Drang zur Versöhnung? Nicht umsonst, meine ich, klingt das Wort ›Ich‹ blechern und tonlos wie eine Ladenklingel und das Wort ›Du‹, das Wort der Hingabe, schwingt nicht umsonst wie eine schöne, tiefe Gebetsglocke! Ein täppisches Danebengreifen und Irregehen auf dem Weg zur Versöhnung ist immer noch menschenwürdiger und liebenswerter als das eiskalte Beharren in sich selbst ohne den Willen der Liebe. Die Vergangenheit darf uns nicht in den Nacken schlagen, wenn wir frei dem Schicksal auf dem großen Opferwege des Krieges entgegenschreiten, Wolf! Nur Wille und Liebe müssen wir sein von heute ab, sonst nichts.«

Wolf Eschenlohrs übervolles Herz drängte dem verehrten Manne zu, während er klar wie auf dem Katheder und doch mit der herzlichen Dringlichkeit eines Vaters Satz an Satz fügte. Er saß blaß und ergriffen vor dem Greis, seine Augen waren dunkel und schön geworden und verzehrten die Worte, wie eine Opferflamme ihre Nahrung verzehrt ...

And noch einmal sprach Theobald Wachsmuth zu Wolf Eschenlohr.

Am Abend des Sonntags auf der Abschiedsfeier der Arminen redete er unter der Fahne der Burschenschaft im großen Festsaal zu den alten und jungen Gliedern des Bundes und redete doch vor allem zu Einem.

Wolf Eschenlohr fühlte es wohl. Im tiefsten aufgewühlt, spürte er, wie die Worte des ehrwürdigen Mannes noch einmal an ihn herantraten wie liebe und vertraute abschiednehmende Freunde.

Borkenhagen und Eschenlohr präsidierten, während Theobald Wachsmuth sprach, ihm zur rechten und linken mit den blanken Paradeschlägern in den schwarzrotgoldenen Farben. Barhäuptig stand der Greis im verblichenen Weißhaar. Hochstämmig und schlank, ihm ebenbürtig an Höhe, ragten die Jünglinge im schwarzen Samt mit seidenen Schärpen ihm zu Seiten wie Ehrenwächter, ohne sich zu regen. Kaum daß die breitwallenden Straußenfedern ihrer Samtbaretts oder die blitzenden Klingen ihrer Schläger einmal leise erzitterten und im Lichte spielten.

Und Theobald Wachsmuth hob an:

»Gott, Freiheit, Ehre, Vaterland! – Vier Worte stehen als Wahlspruch über dem Leben unseres Bundes. Worte sind Glocken, meine Brüder: Die Jungen läuten sie, wie die Alten sie gegossen haben. Es kann kein volleres und reicheres Geläut in die Stille dieser Schicksalsstunde hineinklingen als die vier geheiligten Worte unserer Lebensgemeinschaft ...«

Und dann ließ er *Gott* reden aus dem Gewitterhimmel des Krieges über der verdunkelten Erde, daß die Jünglinge unter der Heiligung ihrer opferdurstigen Kraft erbebten. Er schwang das Sturmbanner der *Freiheit* unsichtbar über ihren Häuptern, daß sie tiefer eratmend sein Rauschen zu hören vermeinten. Er richtete die Gebote der Ehre wie Gesetzestafeln in ihrer Mitte auf. Und er sprach ihnen vom *Vaterlande*.

»Hast du's auch recht gekannt und geliebt: dein Vaterland? nicht den toten Begriff, sondern das Vaterland aus Fleisch und Blut, dein Volk? Hast du's wirklich gekannt und geliebt von ganzem Herzen und ganzem Gemüte? Tiefer soll keine Glocke je tönen über uns und unsere Erben und Nachgeborenen als das Wort Volk. Wie ein Glockenton soll ihm das Wort der Hingabe, das Wort Du vorausschwingen: Du, mein Volk! Du, mein Bruder! Du, mein Vaterland! In keiner Sprache der Erde schwingt das Wort der Hingabe, das

Wort Du, so voll tiefen, inbrünstigen Wohlklangs wie in der unsern, und kein Volk der Erde kann uns das in Kraft und Wohllaut und Schönheit und Wahrheit nachschwören: Du, unser Gott! Du, mein Volk und Vaterland!... Und so laßt uns den Wahlspruch singen!«

Barhäuptig standen sie alle an den langen Tafeln. Und während sie sangen, hörten sie über ihren Häuptern die ewigen Glocken tönen, von denen der Alte gesprochen.

Einer aber unter ihnen sah mehr als sie alle.

Mit der Inbrunst der Kriegsfreiwilligen sang Wolf Eschenlohr das alte Gelübde mit. Eine brennende, ungeduldige, knabenhaft schwärmende und männlich starke Liebe war über ihn gekommen.

Und während sie ihren Wahlspruch sangen, sah er mit der Kraft einer Vision den Kreis der verschlungenen Männer und Jünglinge sich weiten. Zwischen den schwarzen Samt der Pekeschen und das graue und lichtblaue Tuch der bayerischen Waffenröcke schoben und drängten sie sich hinein: Hemdärmelige Arbeiter, Schmiedeknechte im blauen Linnenkittel, Tagelöhner im grauen Werkelkleide ... Mehr und mehr ... Zahllos drängten sie heran ... Die ungleichen Kinder Evä ... Aus den Fabriken waren sie gekommen und von den Erntefeldern ... Ihre Arme lagen auf den Schultern der singenden Burschen ... Sie sangen mit ... Auch Karl Igelshieb hatte empfangenen und getanen Schimpf vergessen ... Sein Arm lag schwer um Eschenlohrs Nacken, während sie sangen ...

In tiefer Erschütterung, als wäre ihm eine Offenbarung geworden, stand der Jüngling, als der Kreis der Burschen sich löste und mit ihm die Runde der unsichtbaren Gäste zerfloß.

Die Stunden trieben weiter auf den Wogen immer neuer Lieder und stürmender Worte ...

Es war schon spät, als Heinz Borkenhagen, der Sprecher, seinen Arm unter den Eschenlohrs schob und ihn fast gewalttätig zu der erhöhten Saalbühne zwischen den immergrünen Lebensbäumen empordrängte. Er hatte den jungen Bundesbruder nicht aus den Augen gelassen, und er wollte, daß er die Verse und Gedanken, die sichtbar in ihm gärten, über die nächtliche Versammlung ausströme.

Willenlos ließ der Jüngling sich schieben.

Und Wolf Eschenlohr sprach.

Die Opferfeuer des Weltbrandes brannten ihm in den Augen, während er redete. Und die gleiche Flamme brauste in ihrer aller Ohren, die in der Tiefe des Saales standen und lauschten.

Er sprach von den Feuerfesten ihres Burschenbundes.

»Vor Monaten habe ich zu Euch in diesem Hause vor festlichen Feuern gesprochen. Heute will ich Euch die Feuerrede des Krieges halten! Seht Ihr das Feuer, um das wir schauernd stehen? Hört Ihr die Flammen, die uns lauschend entgegendröhnen? Aus dem Osten hebt sich lohend der Kriegsbrand, wie sich die Sonne glutend aus Osten hebt! Geruhig, kalten Auges wie Schützen und stammenden Herzens wie Bräutigame schauen wir in das tosende Feuer des Weltbrandes, das uns glostend anhaucht! Wir wollen durch dieses Feuer hindurchdringen wie jauchzende Jünglinge durch Sonnenwendfeuer. Und wenn wir im Absprung die Sohlen von der Erde lösen, weiß keiner, wo seine Füße wieder zur Erde kommen. Wer über dieses Feuer springt, der springt aus der Kindheit ins Mannestum, aus Mutterarm in Gottesarm, aus der Zeit in die Ewigkeit ...

> Wir sind geschaffen zu jeder Not,
> Wir stehen zum Sturm geschlossen,
> Uns ist ein brünstiges Freudenrot
> Über Wangen und Hals ergossen ...«

Der helle Saal blendete die schlanke Jünglingsgestalt im schwarzen Samtrock voll an. Er gab seinem Gesicht eine fast gespensterhafte Blässe und warf seinen Schatten schwarz und riesig hinter ihm an die weiße getünchte Wand zwischen den immergrünen Lebensbäumen.

Mitten im Reden hatte Wolf Eschenlohr die Arme weit auseinander gebreitet.

Und mit einmal kam es über Theobald Wachsmuth, der kein Auge von ihm verwandte, wie ein jähes Erschrecken.

Der blasse Junge, der mit gebreiteten Armen dastand, warf gegen die fackelhelle Wand in seinem Rücken den dunklen Schatten eines riesenhaften Kreuzes, an das er gebunden schien, ohne es zu wissen.

Auch Heinz Borkenhagen hatte es bemerkt.

Er und der Greis sahen sich in die Augen. Eine jähe, ahnungsvolle Erschütterung überkam beide.

Borkenhagen tat unwillkürlich einen unbeherrschten Schritt nach vorwärts. Er hatte ein fast körperliches Schmerzgefühl. Es war ihm, als müßte er vorstürzen und Eschenlohrs Arm niederzerren, daß die Erscheinung verschwände.

Abenteuer war zur Opferfeier geworden ...

Der Jüngling aber sprach seinen Sturmruf in den Saal hinein:

»Die Zeit der blutgetränkten Tage
Ist da!
Nun schweigt von Tod und Totenklage!
Der Tag will nur ein Wort: Hurra!
Die Zähne zusammengebissen,
Die Herzen zusammengerissen
Und vorwärts und Hurra!

Die Zeit der tränenfeuchten Nächte
Ist da!
Weh dem, der nachts nicht Opfer brächte!
Der Tag will nur ein Wort: Hurra!
Die Herzen zusammengerissen,
Die Zähne zusammengebissen
Und vorwärts und Hurra!

Die Zeit der Not in allen Landen
Ist da!
Durch Glockenschwall Gebete branden,
Doch jedes Amen wird Hurra!
Die Zähne zusammengebissen,
Die Herzen zusammengerissen
Und vorwärts und Hurra!«

Unbeweglich stand, während er sprach, das dunkle Schatten-kreuz drohend und riesenhaft hinter ihm.

Er ließ die Arme sinken und es war den Zweien im Saal wie eine Erlösung von spukhafter Qual. Borkenhagen atmete auf. Theobald Wachsmuth sah ihn ernst an. Und sie verstanden sich beide, ohne zu reden.

Andern Morgens fuhr Wolf Eschenlohr in die schlesische Heimat. Den Kasernen seiner Vaterstadt entgegen.

Trotz der frühen Stunde war Theobald Wachsmuth zum Ab-schied an der Bahn. Es verlangte ihn noch einmal nach Augen und Hand des Jungen, den er wie einen Sohn liebte.

Mitten im Gedränge und Geschiebe der Reservisten und Freiwil-ligen, die mit ihren Koffern und Wäscheschachteln die Geleise bela-gerten und lärmend durcheinander schrien und lachten, stand der greise Gelehrte und wartete.

Als Wolf Eschenlohr kam, nahm er seine beiden Hände zugleich und hielt sie lange.

Das tosende Herandröhnen des Eilzuges verschlang den Bahn-hofslärm. Die Türen schlugen. Die Abteile wurden gestürmt. Ein erregendes Auf- und Abrennen. Ein gellendes Pfeifen und schweres Stampfen ... Das verdrossene Fauchen der Maschine wurde zum hastenden Schnauben .. Unter Tücherschwenken und Hurrarufen entschwand der Zug den hundert winkenden Armen, die ihn ver-geblich halten zu wollen schienen ...

Aus den herabgelassenen Fenstern seines Abteils, umflattert von den verschossenen, windknatternden Vorhängen, winkte Wolf Eschenlohr zum Abschied mit der Mütze. Unter dem geöffneten blauen Rock schimmerte das schwarzrotgoldene Band seines Jung-burschentums. Der Zugwind spielte mit seinem Haar.

Die rote Mütze in seiner Hand wirbelte wie ein Feuerbrand, und aus ihrem goldgestickten Eichenkranze stoben die Sonnenfunken ...

Wolf Eschenlohr

Zweites Kapitel

Gott dichtete Menschen in den Tagen, als der Krieg noch jung war, und bot sie unter der Masse feil an allen Kasernentoren. Und es erging dem Gott wie den anderen Dichtern, sie schickten ihn mit seiner lebendigen Ware von einer Tür zur andern, als wäre es Ramschware.

Ein Schwarm junger Menschen, die auf gemeinsamer Abenteuerfahrt von Regiment zu Regiment durch die überfüllten Garnisonen allmählich durch gleiche Hoffnungen und gleiche Enttäuschungen vertraut geworden waren, fanden sich in der hellen Frühe eines Augustmorgens vor den Toren der nüchternen alten Müllerkaserne in Rawitsch zusammen. Die Musketiere des Niederschlesischen Regiments bluteten schon auf französischen Schlachtfeldern. Ihre Stuben, die sie kahl und leer zurückgelassen hatten, sollten sich mit Kriegsrekruten füllen. Auf acht Uhr morgens hatte das Ersatzbataillon die Musterung der Freiwilligen angesetzt. Opferdurst und Abenteuerlust brannten mit ungleicher Flamme in den vieltausend Herzen. Heiße Herzen und hitzige Köpfe hatte der Zufall zusammengefegt. Wer wollte sie scheiden? Das Herzblut war den Menschen dieser Tage tiefer als je in die Augen gestiegen und machte die Fremdesten ähnlich wie Brüder. Nur Tüchtigkeit oder Untüchtigkeit des Leibes band und schied heute die Menschenschicksale.

Wolf Eschenlohr war seiner Sache gewiß. Sein durch Turnen und Fechten, Tanzen, Reiten und Schwimmen stählern geschmeidiger Leib war ihm wie ein guter Kamerad, der ihn noch nie im Stich gelassen hatte.

Truppweise, nach den Anfangsbuchstaben ihrer Namen, wurden die jungen Leute in die Revierstube gerufen, wo sie sich entkleideten und hastig, in beflissener und ungeschulter Strammheit vor dem Bataillonsarzt antraten. Nüchtern und geschäftig wie ein seelenloser Handel wickelte sich die Musterung ab, die über Menschenschicksale mit grämlich und gleichgültig hingesprochenen Zahlen und Buchstaben entschied. Barsch, wie man Übellästige abfertigt, rief der Feldwebel auf, wer an der Reihe war. Kaltschnäuzig und rasch taxierte der Arzt die Jugend, die hüllenlos durch seine Hände ging, wie eine Herde Junghammel ab, die versteigert werden sollte. Manches magere, überschlanke Kerlchen hing mit brennenden Augen an seinen Lippen, als hätte es um einen Richterspruch über Leben und Tod oder lebenslängliche Ehrlosigkeit zu bangen. Er schien es nicht zu sehen. Und das war gut. Denn sonst hätte sich ein Schwall von Bitten und bettelnden Beteuerungen über ihn ergossen wie über einen weichherzigen Lehrer.

»Rechten Fuß hoch! Linken! Tief atmen!« Ein paar Buchstaben wurden gleichgültig gegen die getünchte Kalkwand gesprochen. Der Schreiber kritzelte in die Listen. »Fertig! Der Nächste!«

Aus dem feuchten Holz der gescheuerten Fensterbänke zog die grelle Augustsonne das letzte Wasser und löste es in bläuliche Wölkchen auf, die als zitternder Dunst an den heißen Scheiben verschwebten. Der helle graue Raum roch nach Karbol und seifengeschrubbten, nassen Holzdielen.

Und doch ging durch diese kahlen vier Wände Tag um Tag und Jahr um Jahr der Springquell der deutschen Jugend, die aus dem Schoß des Volkes immer neu und schöngeboren hervordrängt wie ein Quell aus dunkler Erde, dessen hervorrinnende Wellen irgendwo in Sonne und Wind verwehen, ohne daß der helle Quell sich erschöpfte.

Die beiden jungen Leute, die vor ihm abgefertigt wurden, kannte Wolf Eschenlohr. Sie waren Rawitscher Kind, wie er. Breslauer Student der eine, Schmiedelehrling in Rawitsch der andere. Beide groß und gut gewachsen, waren sie doch wie aus zwei fremden Welten nebeneinandergetreten. In aufgeschwemmter verwöhnter Fülle noch jugendlich schlank der eine, großgliedrig und muskelhart der andere. Der Student und der kaum siebzehnjährige junge Hüne standen, Seite an Seite gestellt, wie lebendig gewordene Bildwerke des Michelangelo, Bacchus und David. Bei dem Studenten haperte es mit dem Herzen, er wurde zurückgewiesen, der Schmiedejunge wurde fast unbesehen genommen. Als der Student langsam zurücktrat, warf er einen langen Blick auf den derbgesunden Freiwilligen neben ihm, und eine jähe Röte schlug ihm in die Stirn, die sich langsam über das ganze Gesicht bis zum Halse ausbreitete. Wolf Eschenlohr sah diesen Blick und verstand ihn mit einem plötzlichen

Mitleid. Der Student erkannte sich mit fressender Scham in der von keiner Askese ausgedörrten, von keinen Lastern aufgeschwemmten gesunden Leibeskraft des andern wieder. So hatte er selbst vor drei Jahren dagestanden und dasselbe junge, gutgewachsene Menschentum hatte er oft ohne Gefühl und Vergleich neben sich beim Bad und in der Fuchstaufe gesehen und hatte auf der Kneipbank und in schlechten Häusern gedankenlos an seiner Verunstaltung mitgeholfen. Nun auf einmal verglich er und schlich sich beiseite wie nach einem empfangenen Schimpf, der sich nicht abwaschen ließ. Wie ein großer, guter Junge stand er da, der sich mit einem Dummenjungenstreich das Leben verpfuscht hat, und würgte an seiner aufquellenden Reue. Wolf Eschenlohr empfand, was in ihm vorging, so stark mit, daß er beinahe seinen Namen überhört hätte.

Er wurde tauglich befunden und genommen.

Noch den Augenblick zuvor wäre es ihm selbstverständlich erschienen. Jetzt empfand er es wie den Überfall eines großen Glücks, von dem seine Augen noch leuchteten, als er schon durch die Torfahrt des Kasernenhofs hinausging.

»Heda Eschenlohr –! Genommen?«

Wolf Eschenlohr nickte. Erst dann sah er sich um, wer ihn gerufen hatte. Ein Schulkamerad, den er seit der Reifeprüfung fast vergessen hatte, hielt ihn am Ärmel, Moriz Hirschberg.

»Mensch, du siehst ja aus, als hätt'st du da drin Geburtstagskuchen und Ostereier gegessen! Warte, ich komme ein Stückchen mit. Bis zum H hat's noch immer gute Weile.«

Wolf Eschenlohr hätte sich am liebsten losgerissen. Aber er fand keinen Vorwand. Der junge jüdische Student mit seiner gutmütigen spöttischen Fistelstimme war vor Jahr und Tag in Sekunda und Prima sein täglicher Umgang gewesen, mit dem er auf dem Schulweg bis in Hausflur und Garten hinein schülerhaft hitzige Streitreden über Gott und Unsterblichkeit getrieben hatte. Heute lüstete es ihn nicht nach Zergliederung und Verteidigung dessen, was er empfand. Aber schon schritt Hirschberg neben ihm auf dem alten Schulweg unter den Kastanien der Wallpromenade und sprach auf ihn ein.

»Ich will dir was sagen, Eschenlohr. Ich weiß recht gut, wie's in dir aussieht. Du bist noch zu heiß für eine kalte Dusche. Aber eins sag' ich dir trotzdem: vergiß auch die andern nicht!«

»Welche andern?«

Hirschberg blieb stehen und blinzelte Eschenlohr durch die verschwitzten Gläser seines schiefsitzenden Goldzwickers an. »Nu,« sagte er behaglich, »die andern eben, die Herrschaften, die sich's jetzt schon an den Fingern ausrechnen, wieviel sie an dem Zinksarg verdienen, in dem sie uns wieder nach Hause schaffen. Selig sind, die leeren Herzens sind, denn sie werden volle Beutel haben. Selig sind die Kaltschnäuzigen, denn sie sind nicht totzukriegen. Selig sind die Idealisten, denn sie soll der Teufel holen!«

»Pfui!« sagte Wolf Eschenlohr. Es war ihm, als hätte er einen Schlag empfangen. Die Augen wurden ihm groß und die Haut spannte sich über seinen Schläfen, daß das blaue Geäder sichtbar wurde.

»Püh!« lächelte Hirschberg. »Ihr heizt das Blut jetzt mit Begeisterung. Die andern wissen, daß wir im Winter Wolle brauchen werden. Na, nichts für ungut, Eschenlohr! Ich bin noch der Alte. Du weißt, ich halte mir gern den Kopf kühl und bin auch bei Fieber für kalte Abreibungen.«

»Du meldest dich doch auch freiwillig –?« fragte Eschenlohr mit beginnender Streitlust.

»Jawohl, Verehrtester. Aber das Notwendige tun und sich dafür begeistern ist zweierlei. Übrigens stände mir das schöne Feuer auch schlecht, wenn ich jetzt da drinnen, hager und haarig, meine Affenähnlichkeit zur Schau stelle. Aber meine Sehnen und Knochen nehmen sie doch. Auf Wiedersehen, alter Junge. Du weißt, ein Schubiak bin ich nicht. Wenn sie uns beim Kommiß nicht die Seele aus dem Leibe exerzieren, werden wir, denke ich, noch öfter unter den hundert Windmühlen von Rawitsch debattieren. Es hat sich immer gut geschwätzt bei dem Geklapper der Windmüller. Addio – das H dürfte jetzt dran sein!«

Wolf Eschenlohr reichte dem Schulkameraden die Hand. Hirschberg sah ihn mit einem langen Blick an. »Du, ich glaube,« sagte er ohne Spott, »du kannst nachts noch immer mit heißen Augen unter den Decken liegen ...«

Eschenlohr riß sich ärgerlich los. »Wer das nicht mehr kann, gehört sieben Schuh tief unter die Erde!«

In den nächsten Wochen erschien es den Kriegsfreiwilligen doch manches Mal, als wollte man ihnen »die Seele aus dem Leibe exerzieren«, wie Hirschberg gesagt hatte. Vom Zapfenstreich bis zum Wecken schliefen sie, dreißig junge Leute aller Stände auf einer Stube, immer zwei übereinander auf Pritschen und Strohsäcken. Sie trugen den blauen Rock, wie sie ihn auf der Kammer empfangen hatten. Die verschwitzte und verschossene fünfte Garnitur, die schon ganze Soldatengeschlechter auf dem Leibe getragen hatten, war ihnen eben recht. Keiner von den reicheren Kriegsfreiwilligen dachte daran, sich einen »Extrarock« schneidern zu lassen. Sie wollten nichts vor den ärmeren Kameraden voraus haben, wollten ganz in die an Recht und Pflicht gleiche und unterschiedslose Masse des Volksganzen verschmelzen. Nachts erweckte sie oft ein Donnergepolter, wenn der Unteroffizier vom Dienst die Stuben abging. Fand er irgendwo auf Spind oder Schemel ein Ding, das anders lag oder stand, als es die Stubenordnung wollte, so warf er Schemel, Waschschüsseln, Kleider und Wäsche, von Berserkerzorn gepackt, auf einen wüsten Haufen, schrie mit Donnerstimme »Raus aus den Betten! Rinn in die Betten! Raus aus den Betten!«, ließ seine Leutchen zehnmal im Nachthemd vor den Spinden antreten und wieder verschwinden und ruhte nicht, bis das Chaos geordnet war und der letzte Rock, im vorgeschriebenen Winkel gebrochen, auf seinem Schemel lag. Wehe der Stube, die ihre Schuljungenlustigkeit nicht unterdrücken konnte! Ihre Kaffeeholer rannten am andern Morgen mit den schweren gefüllten Kannen sicherlich so oft die ächzenden Treppen auf und nieder, bis der letzte Tropfen verschüttet war und die ersten Korporalschaften auf dem Hofe zum Abmarsch antraten. Im heißen, trockenen Sande vor der Windmühlenstadt wurde den jungen Soldaten Stehen, Gehen und Sehen beigebracht, als hätten sie wie Kaspar Hauser nie zuvor Augen und Glieder gebraucht. Meist kehrten sie so zerschlagen vom Exerzierplatz zurück, daß sie sich in der Kaserne förmlich am Treppengeländer emporhangelten und am liebsten für den Rest des Tages aufs Stroh geworfen hätten. Die Minute darauf standen sie in ihren grauweißen Drillichanzügen, in Reihen angetreten, vor dem Küchen-Unteroffizier, der ihnen mit der Kelle Reis oder Graupen in die Steingutschüsseln füllte. Mit Bajonettfechten und Turnen ging der Nachmittag hin. War das Gewehr gereinigt und in die Stütze gestellt, so wurde der Besen in die Hand genommen, bis Treppe und Höfe, Torfahrt und Straße blitzten, daß man »drauf speisen konnte«.

Da waren viele, die sich den Krieg anders vorgestellt hatten. Nach Sonne und Moos, nach der Wetterseite der Wälder, nach Sternen und Winden ins Abenteuer marschieren und reiten – darnach hatte ihnen der Sinn gestanden. Wie satte Kinder, die sich aufs Essen freuen, weil sie auf den Nachtisch lüstern sind, hatten sie immer nur an Eiserne Kreuze und Siegeseinzüge gedacht und sich von Besen, Schrubbürste, Schmierseife und wunden Füßen nichts träumen lassen. Aber die meisten waren doch wie gutartige Schüler in grobschlächtigen Lehrerhänden. Und wer insgeheim ein schiefes Maul zog, hatte ein wenig Schuhriegeln zumeist am bittersten nötig. Die ausbildenden Unteroffiziere und Gefreiten behandelten sie gewiß nicht wie Helden und Vaterlandsretter, aber sie sprangen mit den jungen Menschen im Grunde nur ebenso unsanft und unerbittlich um, wie es das Leben selbst irgendwo draußen in Frankreich oder Rußland bald mit ihnen tun würde. Sie waren als rücksichtslose Schrittmacher des Schicksals nicht einmal die schlechtesten Erzieher.

»Ich glaube, wenn der Kerl ›Antreten‹ schreit, stehe ich noch als Leiche vom Schlachtfeld auf!« stöhnte Hirschberg einmal zu Eschenlohr hinüber, während er sich mehr tot als lebendig unter der Last seines feldmarschmäßigen Gepäcks aus dem glühheißen Sande des Exerzierplatzes hochriß. Er war der Einzige, der in den sechs Wochen Ausbildungszeit nicht mundtot zu kriegen war. Er brachte es fertig, selbst aus der Front heraus, mit Worten und Händen wie ein Advokat sein Recht zu verteidigen. »Nu, mer wird sich verteidigen können!« rief er einmal zornig zurück, als sein Korporalschaftsführer den letzten Trumpf ausgespielt und ihm ein »Maulhalten!« zugedonnert hatte. Nur das schallende Gelächter der Kameraden konnte die Lage noch einmal retten. Der Unteroffizier, der nicht der schlechteste Kerl war, drehte sich auf dem Absatz herum und seine Kinnbacken arbeiteten, als wollte er sich die Lachmuskeln zerbeißen.

Unter der eisernen Zucht der Rekrutenausbildung lernten die jungen Menschen, die der Zufall zusammengewürfelt hatte, was sie draußen am bittersten brauchen sollten: Humor und Kameradschaft.

Arglos hatte Wolf Eschenlohr einmal ein Glas mit Rosen, die er aus einem Paket genommen hatte, auf sein Spind gestellt. In der Nacht hatte einer der gefürchtetsten »Schleifer« unter den Unteroffizieren Dienst. Angedonnert stand er im Licht seiner eigenen Kerze um Mitternacht vor dem Rosenspind in Stube 8. »Wer hat die Sauerei hierhergesetzt?!« brüllte er schließlich los, daß die dreißig Schläfer zugleich aus den Decken schraken. So oft wie in dieser Nacht mußten die Kriegsfreiwilligen nie zuvor und nie nachdem »aus den Betten und in die Betten« turnen, bis auch das letzte unterdrückte Lachen gesühnt war. Aber als der Gewaltige endlich dröhnenden Schrittes abgezogen war, kicherte noch bis zum hellen Morgen bald hier bald dort einer der großen Jungen auf und biß krampfhaft in seine Decken.

Wolf Eschenlohr hatte in den Rawitscher Tagen oft das Gefühl des Nichtschwimmers, der im Schwimmgurt des Lehrers hängt und sich freischwimmen möchte. Aber nichts konnte ihn verdrießlich machen. Wohl fühlte er sich manchmal mit seinem übervollen Herzen unter den Zufallskameraden, die zumeist mit leichterem Gepäck als er ins Abenteuer reisten, wie ein fremder Vogel im Schwarm. Aber er lernte, daß Liebe auch gegen Unwürdige selten Kraftverschwendung ist, wohl aber Zorn und Haß, den man an das Gesindel fortwirft.

Er hatte zudem einen leichten Stand gegen Vorgesetzte und Kameraden. Körperliche Zucht und Gewandtheit schafft eine rasche und freie Überlegenheit in Schulen und Kasernen. Seit die Kriegsfreiwilligen zum ersten Mal am Reck im Turnhof gehangen hatten, war Eschenlohrs Ansehen gefestigt. Nur einer tat es ihm nach, ohne ihm gleich werden zu können, Moriz Hirschberg. Keine Leibesübung konnte beim Kürturnen am Querbaum so halsbrecherisch sein, daß er sie nicht seinem zähen und sehnigen Körper abgezwungen hätte, wenn Eschenlohr sie spielend vorübte. Aber sein ehrgeiziges Nacheifern blieb immer ein saueres und häßliches Stück Arbeit, ohne zum leichten und freien Spiel der Kräfte zu werden, wie bei Eschenlohr. Er wußte sehr wohl, daß die andern verglichen und witzelten. Aber es war ihm gleich. Es war, als triebe ihn ein rastloses Streben, zu zeigen, daß seine Häßlichkeit so viel leistete wie irgendeine wesensandere Kraft, die ihm Achtung abnötigen wollte, die er nicht zu zollen bereit war. Jede unwillkürliche Achtung, die er vor irgendwem und irgendwas empfand, quälte ihn so lange, bis er sich durch die gleiche Leistung von dem fremden Gefühl losgekauft hatte.

An den dienstfreien Sonntagen lagen die ungleichen Kameraden oft auf den heißen Sandhügeln vor der Stadt in der Sonne, während die schweren schwarzen Flügel einer Windmühle über ihnen sich träge im unmerklichen Winde drehten.

»Nun, Eschenlohr, willst du nicht wieder einmal einen deiner Traumvögel stiegen lassen, daß ich sehe, ob ich ihm die Flügel rupfen kann?«

»Was kannst du für eine Freude daran haben?«

»Ich sehe, daß andere nicht klüger sind als ich. Daß sie so wenig wie ich Geister beschwören können, die sich nicht bannen lassen.«

Eschenlohr schwieg und sah den Schwalben nach, die im Sommerdunst durch die drehenden Windmühlenflügel schossen, als lüstete es sie, mit der Vernichtung zu spielen.

»Träumst du noch so viel, wie als Junge, Eschenlohr?«

Er bekam keine Antwort.

»Neulich habe ich selbst einmal geträumt. Es kommt selten genug vor. Es träumte mir, ich hätte einen Schuß durch den Kopf bekommen und es wäre aus mit mir. Dann habe ich wohl traumlos geschlafen. Aber als ich aufwachte und das Bewußtsein wiederkehren fühlte, wußte ich noch recht wohl, daß ich tot war und ich öffnete die Augen mit einer grenzenlosen Neugier nach dem, was nun sein würde, und in einer grenzenlosen Überraschung, daß noch etwas sein sollte ... Dann schrie der dicke Wiegand ›Kaffeeholer raus!‹ und ich war wieder auf Stube 8 und im Bilde. Das ist die größte Enttäuschung meines Lebens gewesen, Wolf Eschenlohr.«

Der andere lächelte. »Ach, Meister Volland,« sagte er und nannte den Kameraden mit seinem alten Schülerspitznamen, »willst du meine Traumvögel mit Lockenten fangen? Müssen wir denn durchaus wieder spintisieren und haarspalten, wie in unsern grünsten Jahren?«

»Es war diesmal keine Finte«, gab Hirschberg zurück und verzog die Lippen. »Der Traum ist leider geträumt und die Enttäuschung geschluckt.«

Eschenlohr hatte die Augen geschlossen und genoß die Sonne mit ganzem Leibe.

Hirschberg erhob sich und klopfte sich den Sand aus dem blauen Rock. »Du bist langweilig, Kamerad. Gehen wir auf Stube 8 ins ewige Leben!« Und er schritt den Hügel hinunter.

Eschenlohr sah ihm lächelnd nach. Er entsann sich, wie oft er sich in Schülertagen hier im heißen Sande mit hitzigen Worten zum Advokaten des Lebens gegen den frühreifen Ankläger aufgeworfen hatte. Wenn er die Augen schloß, so sah er Hirschberg wieder als sommersprossigen Jungen in kurzen rotbraunen Hosen mit fuchtelnden Armen und zuckenden Mundwinkeln vor sich stehen. Heute hatte die helle, klare Gewißheit des Lebens, das ihn zugleich mit der sommerlichen Erde wohlig durchrann, des Verteidigers gespottet. Es war, bei Gott, erquickender, das schöne, unsterbliche Leben selbst in Blut und Seele zu fühlen, als es in Worte einzufangen wie in zerbrechliche Gläser, aus deren Scherben es einem doch immer wieder wie ein fremder, flüchtiger Duft über die Hände rann. Nie war die Welt so weit und hell und schön gewesen als in diesen Abschiedswochen einer langbehüteten Jugend. Sättigender waren alle Farben des vertrauten Alltags geworden. Es gab nichts Besseres, als sich atmend und schauend der Schönheit der Gotteswelt hinzugeben und geruhig in ihr aufzugehen.

Allmählich ging die reine, starke Glut des Sommertags in eine fremde und dumpfe Schwüle über. Die schaumigen Wolkenballen am Horizont füllten sich mit fahlen, unreinen Farben und wuchsen drohend, ohne sich von der Stelle zu rühren. Die schweren schwarzen Radschaufeln der Windmühle standen still, als vermöchten sie den Sonnenschwall nicht mehr zu heben. Alles Lebendige fühlte sich von unsichtbaren Gewalten wie mit breiten, heißen Händen zur Erde gedrückt. Die Mücken schwärmten tiefer, und die Schwalben schossen taumelnd so dicht über dem Boden hin, daß sie den weißen Sand mit den schrägen Schwingen zu furchen schienen. Wolf Eschenlohr fühlte, wie ihm vom Sonnenschwall die Glieder schwer wurden wie einem müden Schwimmer, dem sich alle Kleider bleiern voll Wasser getrunken haben. Er fiel in Schlaf und unruhiges Träumen.

Dies war Wolf Eschenlohrs Traum:

Ein Jüngling jagte fluchtartig, nackten Leibes, über karge, baumlose Heide. Braunes, abgeblühtes Land dehnte sich endlos schillernd in unbestimmtem Lichte, in dem sich die bläuliche Kühle des Mondes und das Zittern des Sternenlichts seltsam mengten und das in dämmernder Ferne in die düstern, hart miteinander kämpfenden Farben mittäglichen Hochsommergewitters überging. Es war weder Nacht noch Tag. Weder Sonne, Mond, noch Sterne standen am Himmel. Nichts Lebendes war in dem endlosen Raum als der gehetzte Mensch, der zurückgeworfenen Hauptes, mit entsetzensweit offenen Augen dahinjagte; nichts war hörbar als das Keuchen seiner Brust und der leichte Hall seiner flüchtigen Sohlen. Aber in unregelmäßigen, qualvollen Pausen brach lautlos aus dem schütternden Heideboden unter ihm eine riesige braune Faust, ein mächtiger, erdiger Arm und haschten wild zupackend nach den Knöcheln des schlanken Menschenfußes. Oft fehlte die haschende Faust ihr flüchtiges Ziel, oft strauchelte der Gehetzte unter ihrem Griff und riß mit entsetzensvoller Anstrengung den Fuß doch noch aus der umklammernden Riesenhand, die dann lautlos, wie ein Schwimmer taucht, verschwand, um ein paar Atemzüge später wieder durch den Heidegrund zu stoßen wie durch ein morsches Gewebe. Es war, als ob ein Unhold unter der Erddecke mitliefe, zäh, unerbittlich, erbarmungslos, voll leidenschaftlichen Hasses. Wie eine lautlose, grimmige Verfolgung des lebendigen Menschengeschöpfs durch den Erdgeist selbst sah es sich an. Braun und formlos wie Maulwurfshaufen brachen die Fäuste aus der Erdkrume unter den Füßen des Keuchenden. Wieder und wieder. Tauchten auf, verschwanden, und tauchten wieder empor in dumpfem, unstillbarem Haß, der nach Zerstörung verlangte.

Der Traum wiederholte sich, ohne daß der Träumer erwachte.

Dieses Wiederholen verstärkte die Qual der Erscheinung. Es war, als ob eine wilde Laune immer wieder dieselbe Folge von Lichtbildern auf eine riesige Leinwand würfe. Die Erscheinung tauchte am Horizont auf und tauchte jenseits vom Horizont in brausendem Gewitterdunkel nieder. Dann verschlang grellweißes Licht für Augenblicke alles Sichtbare, und dann wiederholte sich das Schauspiel Zug für Zug mit beklemmender Gleichförmigkeit ohne Entscheidung ...

Der Traum zerbrach, und Wolf Eschenlohr fand sich an Freiheit, Tageshelle und Wirklichkeit zurückgegeben wie ein Gefangener, dessen Kerker ein Erdbeben jäh auseinandergeworfen hat. Seine junge Seele aber, statt erlöst ins Weite und Helle zu schweifen, strebte, kaum entronnen, in das Gefängnis des Traumes zurück, als habe sie dort einen ungehobenen Schatz zurückgelassen, der eilig gleitend in unsichtbare Tiefen versank.

Der Traum, der dem Schlummernden eben noch Dasein und Erlebnis gewesen war, wurde dem Grübelnden zum Symbol. Gesicht und Gestalt des Traumknaben gruben sich ihm tief und tiefer ein, ohne daß er wachend einen neuen Zug einfügte, und wurden ihm zum Bilde des Menschen schlechthin, des erdentstammten, doch auch erdentwachsenen Geschöpfs, das von den Mächten der Erde als fahnenflüchtig und als Wechselbalg verstoßen und umgetrieben wird.

Doch besann er sich wohl, was er beim Schauen der Bilder empfunden hatte. Er selbst war der Gehetzte gewesen. Keinen Augenblick hatte er während des Traumes das, was jetzt als Bild vor ihm stand, so wie nun von außen erblickt. Es war ihm kein Bild gewesen, während er träumte, sondern ein Erleben, nur daß er sich gleichsam selbst von außen betrachtet hatte, wie es nur in Träumen möglich ist. Erst als er erwachte, waren Bild und Betrachter erlösend auseinandergetreten. War das nicht seltsam? Keine Spur einer Ähnlichkeit bestand zwischen dem Traumbilde, jenem adlig schönen Jungen, dessen Alter er kaum zu bestimmen vermochte und der Tänzerschlankheit seiner eigenen achtzehn Jahre. Zeitlos war die Erscheinung gewesen, deren Nacktheit uranfänglich schön und kraftvoll wie ein ewiger Mythos gewesen war, ein Abgrund von Jahrtausenden stand zwischen ihm und dem Bilde. Und doch war jenes Wesen er selbst gewesen ...

Ist die Beharrlichkeit des Ichgefühls im Menschen an keine Form und keine Erinnerung gebunden? Ist es so formlos, so farblos, so inhaltlos? und dennoch so selbstverständlich klar als etwas Festumzirkeltes, in jeder Verwandlung noch sich Gleichbleibendes in sich beschlossen?

Welche Brücke führt von dir, Wolf Eschenlohr, zu jener Erscheinung, in die dein Ich wanderte, wie ein Mensch aus einem Zimmer ins andere, ohne auch nur zu empfinden, daß es gewandert ist? Kannst du alles verlieren, was du dein nennst, und doch du bleiben, du bleiben selbst ohne ein Gefühl des Verlustes? Tauchen vielleicht auch so die Toten von einer Existenz in die andere, nichts mit sich nehmend und doch alles behaltend, alles zurücklassend und doch nichts verlierend? Ist das Ich vom Du ununterscheidbar und doch ewig unterschieden? Kann ich alles, was in Menschenaugen meine Seele von Deiner abhebt, alle Beziehungen, alle Erinnerungen, alle Form und allen Inhalt auslöschen, ohne daß wir gleich und eigenartslos werden wie der eine Ton, der in zwei Stimmgabeln zittert? Ist das, was wir gemeinhin unsere Seele nennen, nur der bunte Mantel unseres wahren Ich? Und wer streift uns dieses farbige Kleid, das wir für unser Wesen halten, über und streift es uns wieder ab, wie man müden Kindern tut, ohne daß sie's merken? und wachen auf und finden frisches Gewand auf dem Stuhl vor ihrer Bettstatt?

Wer ist der Mächtige, der uns zwingt, gerade dies oder jenes zu erleben? gerade dies oder jenes für unser Wesen zu halten? Wer verbirgt uns unter tausend Hüllen vor uns selbst? Wer treibt uns um und jagt das Leben, das uns zu Tode hetzt, hinter uns her wie einen unsichtbaren, erbarmungslosen Unhold, dessen Griff doch unser flüchtiger Fuß, bis ins Mark erschauernd, täglich und stündlich fühlt?

Warum wandelte sich der Genius des Lebens, der den wachen Menschen sicher mit hellen Händen geleitet hatte, im Traum zum Dämon, der ihn verfolgte? Hatte der Genius Macht über den Dämon? Oder waren Dämon und Genius, beide, nur Masken des einen, unbegriffenen Schicksals, das aus fremder und ferner Zukunft weitausholend nach ihm griff? ...

Dämon oder Genius, wem von euch soll ich glauben?

Ein tiefes, schwellendes Grollen, das jäh wieder abriß und in tückischem Schweigen erstarb, ließ Wolf Eschenlohr witternd emporblicken. Zwischen Erde und Himmel stand eine schwarze Wolkenwand, die in drohender Stille emporgewachsen war. Aus ihr lohte ein jähes Wetterleuchten, als risse ein Schadenfeuer klaffende Risse quer durch dunkle Mauern. Ein fegender Windstoß trieb eine Wolke von Sand die Hügel hinunter wie eine kopflos flüchtende Herde. Ein schmetternder Donnerschlag schien plötzlich den Himmel in Stücke zu schlagen und über die nachzitternde Erde ergoß sich im Wolkenbruch ein unbändiger Wasserschwall.

Wolf Eschenlohr stand mit emporgehobenen Händen, als wollte er die Regenfluten tiefer auf sich herabbeschwören. Die stürmenden Wasser rissen den Sand unter seinen Füßen auf und brachen in dunklen Bächen durch die breiten und tiefen Rinnen.

Wolf Eschenlohr ließ sich den Gewittertraum von denselben dunklen Gewalten, die ihn geängstigt hatten, von Leib und Seele herunterwaschen. Die Wasser stürzten so mächtig auf ihn herab, daß es ihm fast den Atem verschlug. Wie ein Schwimmer, der zum Meere hinabeilt, lief er endlich den Hügel hinunter tiefer und tiefer in die Gewittergüsse hinein. Erst nach Stunden kehrte er zur Kaserne zurück. Die Stube war noch leer. Die Kameraden saßen rauchend und kartenspielend in den Wirtshäusern der Stadt. Er hing seine Sachen zum Trocknen auf und wechselte die Wäsche. Truppweise polterten die andern kurz vor Zapfenstreich die Treppe herauf und stürmten mit Lachen und Späßen herein. Eschenlohr fühlte sich ihnen fast fremd, so sehr schied ihn sein noch unverstandenes Erlebnis aus dem gewohnten Kreis. Er wickelte sich in seine Decken und wartete fast ungeduldig auf die Stille nach dem Lichterlöschen. Als es dunkel geworden war, horchte er noch lange wach und schweigend in sich hinein.

Erst der neue Morgen stellte ihn wieder mit frischen Füßen in die lebendige Welt.

Den Dienstunterricht der Kriegsfreiwilligen, den sonst die Unteroffiziere abhielten, hatte heute der Kompagnieführer selbst übernommen, um die jungen Soldaten auf ihre Vereidigung vorzubereiten. Oberleutnant Fahrenkrug, mit einem halbverheilten Schenkelstreifschuß von den belgischen Schlachtfeldern in die Garnison zurückgekehrt, führte seine Kriegsfreiwilligenkompagnie erst seit einer knappen Woche. Er war ein straffer, aufrechter Mann von früh gereiftem Lebensernst, der still und ohne viel Wesen von sich zu machen, seinen Dienst tat. Aber zuweilen, wenn er vom Pferde herab auf dem Exerzierplatz den Heeresbericht vorlas, füllten sich seine Augen und seine Stimme mit einer überraschenden und strahlenden Jugend, die ihn ohne Worte mit den hundert Herzen seiner jungen Kompagnie verband.

Der Unterricht fand auf Stube 8 statt, wo die Schemel aus dem ganzen Kasernenflügel zusammengetragen worden waren. Als Oberleutnant Fahrenkrug eintrat, sprangen die Kriegsfreiwilligen straff auf und standen still. Der Feldwebel meldete dem Offizier die Kompagnie und trat ab. Fahrenkrug ließ die jungen Leute rühren, aber das gewohnte Zeichen zum Hinsetzen gab er nicht. Was er heute zu sagen hatte, sollten, die es anging, stehend anhören. Seine Blicke gingen die Reihen hinunter bis in den letzten Winkel, als wollte er alle Augen auf sich sammeln. In seinem hartgemeißelten Gesicht trat ein arbeitender Wille hell zutage, je länger er sprach. Durch die geöffneten Fenster strömte die frische Morgenluft. Fahrenkrug formte knappe, schmucklose Sätze. Hinter jeden Gedanken setzte er ein kurzes Schweigen, als wollte er den Worten Zeit lassen, sich einzuprägen.

Die Kriegsfreiwilligen merkten kaum, daß er sie die ganze Stunde stehen ließ. Willig, ohne es zu wissen, gaben sie ihre Jugend ganz in die Hand des Mannes. Jedes Wort, das er sprach, war eine Forderung an sie. Wille und Forderung des Mannes, Willfährigkeit und Hingabe der Jugend wuchsen aneinander wie Zwillingsbäume.

Auch Wolf Eschenlohr spürte den fremden Willen über sich. Was will er von dir? dachte er, als er das erste Mal in die klaren, fordernden Augen des Mannes sah. Dann erkannte er die Kraft und Schönheit des Manneswillens, die den ganzen Menschen forderte.

»Haltet euer Blut in Zucht! Ihr wollt auf die Fahne schwören. Euer Leben gehört dem König. Euer Leib und Blut gehört nicht mehr euch. Wer von euch seinen Leib krank macht, der zerbricht einen Degen in der Hand seines Königs.«

Das waren Worte, vor denen es kein Ausweichen gab. Eschenlohr spürte es mit einer starken, aufwallenden Freude. Wille und Gehorsam wurden zu einem Stück zusammengeschmiedet.

»Stillgestanden! Weggetreten!«

Der Offizier wandte sich zum Gehen.

Eschenlohr war mit einem Sprung an der Tür und riß sie auf. Fahrenkrug sah ihm im Vorübergehen in die Augen und lächelte nicht über die heiße Hingabe des jungen Herzens, das ihm fühlbar entgegenschlug. Er erkannte, seine Kriegsfreiwilligen hatten ihn verstanden. Eine starke und rasche Freude durchströmte ihn, als er auf den straffen Jungen sah, der sich, Blick und Brust frei gradaus, Kinn an der Binde, vor ihm zu soldatischem Gruß an der Türschwelle aufbaute und den gesunden Kraftwuchs seiner schlanken Jugend zur Schau bot, als wollte er ihn sichtbar unter seinen Willen stellen.

Er wollte ihm die Hand mit einem herzlichen Wort auf die Schulter legen, doch unterließ er es. Mit einem kurzen Nicken ging er vorüber.

In der Frühe des andern Tages leisteten die Kriegsfreiwilligen den Fahneneid. Die Kompagnien waren auf dem Exerzierplatz in einem nach der Stadtseite offen gelassenen Viereck angetreten. Hier stand die Geistlichkeit unter den Offizieren der Garnison. Nacheinander traten der evangelische und der katholische Priester und der Rabbiner vor und sprachen zu der Jugend des Landes. Hinter den weißhaarigen Predigern hob sich die sonnenhelle Stadt mit ihren Kirchen, als wollte sie den Kreis der grauen Schwurzeugen vor der blühenden Jugend schließen.

Über vierhundert junge Menschen erhoben die Schwurfinger und sprachen Satz für Satz die laut vorgesprochene Formel des Fahneneides nach. Drei von den Kriegsfreiwilligen traten aus dem Glied in die Mitte des Vierecks und legten die Schwurhand auf die gelbe Seide des Fahnentuchs. Einer von ihnen war Wolf Eschenlohr. Sein Gesicht war blaß vor innerer Erregung. Die seidene Fahne rührte sich fremd und kühl an wie der Goldkelch beim ersten Abendmahl ...

Der Nachmittag war dienstfrei.

Hirschberg hatte sich zu Eschenlohr gesellt und schlenderte neben ihm her. Sie umwandelten die Stadt auf der Wallpromenade.

Es war, als ob der glühende August in dem Jungbad der Gewittergüsse noch einmal Frühlingsfrische gewonnen hätte. Tändelnd ging der Wind durch die grünen Wipfel und das leichte Sonnenlicht schien in der Fülle des Sommerlaubes zu rieseln und zu plätschern. Sonne und Duft schäumten über Gärten und Blütentreiben auf wie ein feines Gewölk. Über das Blondhaar junger Mädchen, die Hand in Hand um die Stadt wanderten, über Sonnenschirme und helle Kleider ging ein nimmermüdes Flimmern und Glänzen, das die Dinge froh machte.

»Was hältst du von Fahrenkrug?« fragte Hirschberg unvermittelt. Eschenlohr hatte den andern neben sich fast vergessen.

»Er ist ein ganzer Kerl. Ein Mann, wie wir sie nötig haben. Es wäre besser, dafür zu sorgen, daß er von uns gut denkt.« Er sagte es kurz, als wollte er das Fragen und Reden abschütteln, das ihm die Lust des frischen Ausschreitens beengte.

Hirschberg wiegte den Kopf und geriet ins Schwatzen. Er spürte wohl, daß der andre halb unwillig von ihm weghörte, aber gerade darum warf er ihm seine stachlichen Worte nach wie Kletten, die er sich einzeln aus den Kleidern lesen mußte.

»Ich wette, ihm selbst liegt mehr daran, wie wir über ihn denken. Es ist ihm nicht gleichgültig, wie wir hinter ihm dreinsehen. Er ist einer von denen, die immer helle Augen hinter sich haben wollen. Er ist eitel. Nicht leiblich eitel, auch nicht herzenseitel, aber willenseitel. Er will herrschen. Gehorsam genügt ihm nicht, er will Hingabe. Er will das Herz seiner Leute haben. Es genügt ihm nicht, Drillmeister zu sein. Er möchte auch die Seelen drillen. Er braucht Gefolgschaft, Jünger, Seelenhörige ... Ich fühle das ganz deutlich. Er ist im Grunde herrschsüchtiger als der ärgste Schleifer. Nur anders. Den kleinen Tyrannen tut es grimmig wohl, wenn ein ganzer Kasernenhof voll armer Teufel vor ihren Launen schlottert. Ihm genügt's nicht, wenn die Herzchen seiner Leute vor ihm zittern. Die Herzen sollen ihm entgegenschlagen wie Trommeln ...«

»Ach, Hirschberg,« unterbrach ihn Eschenlohr lachend, »ich muß dir nur endlich den Gefallen tun und dir in den Arm fallen. Sonst schleifst du dein Messer aus Tücke so lange, bis dir nur das Heft in der Hand bleibt. Was willst du von ihm? Laß ihn, wie er ist! Was wirfst du ihm eigentlich vor? Er will das Herz seiner Leute haben? Ich meine, das will jeder, der zum Führer geboren ist. Und er hat das Zeug dazu mehr als zehn andre. Wär' dir's lieber, wenn wir Luft für ihn wären?«

»Es wäre mir eins so einerlei wie das andre,« sagte Hirschberg. »Ich habe auch nichts gegen ihn. Ich habe gegen niemanden etwas. Im Grunde ist kein Mensch besser oder schlechter als der andre. Jeder tut, wozu ihn das Gelüst seines lieben Ich treibt. Der eine drillt Soldaten, weil er sein tägliches Zehnmarkstück für Wein und Pasteten braucht, der andre hat ein Gelüst nach Menschenherzen. Aus seinem Ich springt keiner heraus, und was einer tut, das tut er aus Egoismus. Ich rede auch nicht aus Bosheit. Ich sammle nur die Masken des Egoismus unter den lieben Mitmenschen, und die seine ist besonders fein, darum putze ich sie mir mit so vielen Worten blank für mein Raritätenkabinett. Wer die Masken nicht erkennt, der kommt in Gefahr, andere zu bewundern, die so wenig verehrungs- und verdammungswürdig sind wie er selbst. Der Egoismus ist für den Menschen, was die Unruhe fürs Uhrwerk ist. Nimm ihn fort, und das Getriebe bleibt stehen. Die nackte Selbstsucht, die den lieben Nächsten bis zum Weißbluten ausschindet, hat den Egoismus zur Triebfeder nicht mehr und nicht weniger als die Menschenverachtung, die sich auf sich selbst zurückzieht, oder als die Menschenliebe, die nichts als eine Herrschsucht des Herzens ist.«

»Was springt dabei heraus, wenn du die Mutterliebe Egoismus nennst – ?«

»Ist sie etwas andres?« unterbrach Hirschberg eifrig. »Sie ist Egoismus so gut wie der Kinderhaß der eitlen und oberflächlichen schönen Frau, nur mit umgekehrter Polarität.«

»Mit demselben Recht«, fertigte Eschenlohr ihn lässig ab, »kannst du an Brot und Wasser mäkeln. Laß dir nur von den Chemikern die Stoffgleichheit der Elemente in Speisen und Giften beweisen! und doch kannst du Gift und Speise nicht in einen Topf werfen. Du weißt recht wohl, daß auch der Egoismus beides ist, Gift und Speise, aber das wirfst du in einen Topf. Du spielst mit Worten, ich weiß nicht, welche Freude du daran hast. Du sagst mit herabgezogenen

Lippen ›Egoismus‹ und meinst damit häßliche selbstische Regungen. Du machst das Wort zum Schmähwort und machst es so eng wie möglich, aber dann packst du höhnisch wie in einen weiten Sack alles hinein: Liebe, Tatendrang, Freundschaft und was du fassen kannst. Willst du im Egoismus die Triebfeder alles Lebens bloßlegen, so mußt du ihm auch den vollen und schönen Sinn der Freude an eigener Wesenskraft und Wirksamkeit lassen und ihn nicht zum Schmähwort verengern! Dann magst du das Wort auch auf Fahrenkrug anwenden. Sein Egoismus ist Brot, kein Gift. Wir dürfen uns dankbar daran sättigen.«

»Was hast du ihm eigentlich so Großes zu danken?« sprach Hirschberg leichthin.

Eschenlohr blieb stehen und sah den andern voll an. »Er hat mir gestern mit ein paar Worten die Augen aufgetan für das, was uns nottut. Alle Völker der Welt streiten in dieser Schicksalsstunde um Recht und Unrecht, Schuld und Unschuld. Da genügt es nicht, mit Worten und mit Bajonetten mitzustreiten. Man soll über das Recht seines Volkes im Daseinskampf nicht nachgrübeln, jeder Einzelne muß durch unablässige Arbeit an sich selbst, durch Mehrung seiner eigenen geistigen und sittlichen Habe das Recht seines Volkes ans Dasein zum stärksten Recht auf Erden machen helfen. So habe ich Fahrenkrug verstanden, und ich glaube, er will nicht anders verstanden sein.«

Hirschberg schwieg. Es war nicht ersichtlich, ob aus Widerspruch oder Zugeständnis. Aber er sah ohne Spott in Eschenlohrs beinahe zorniges Gesicht.

Die beiden Kameraden hatten die kleine Stadt fast völlig umwandelt und waren wieder unter den Fenstern der grauen Kaserne angekommen. Oberleutnant Fahrenkrug ritt auf seiner Fuchsstute eben aus der Torfahrt. Die Kriegsfreiwilligen standen still und machten ihre Ehrenbezeugung. Er hob die Hand an die Mütze im Vorüberreiten.

Hirschberg lächelte. »Wenn er wüßte, daß er für uns zwei eben in der Mitte der Welt gestanden hat, ich glaube, es würde ihm Spaß machen.«

Eschenlohr sah nach der Uhr. »Ich gehe noch vor die Stadt zum Baden«, sagte er. »Kommst du mit?«

»Danke«, lachte Hirschberg. »Aber du hast mir heute den Kopf schon genug gewaschen.«

Die Wunschbüblein

Ein Märchen

Eine Witwe hatte zwei schöne Knaben, ungleich an Art und Alter. Der ältere war zwölfjährig, hatte schwarzes Haar, graue Augen und eine schöne klare Stirn. Der jüngere aber zählte kaum sieben Jährlein, hatte weiches, lockiges Blondhaar und blaue Augen und lachte den ganzen Tag wie ein zwitscherndes Vöglein.

Eines Morgens, als die Frau in ihr Gärtlein trat, sah sie in Tau und Blüten ein Nestlein aus wilden Rosenblüten, ein zartes, rosa Vogelbettlein. Darin lagen zwei Eier, kaum größer als Dohleneier, eins blau wie der Himmel, eins grau wie eine Wolke.

Während die Frau noch auf ihren Knien kauerte und das holde kleine Wunder bestaunte, hörte sie ein klares, helles, singendes Tönen in den Lüften. Sie sah auf und gewahrte einen großen Vogel, der schön wie ein leuchtender Traum durch das feuchte Blau des Maimorgens zog. Er rührte seine regenbogenfarbenen Schwingen kaum sondern hielt sie ausgebreitet, und die reine, klare Sonnenluft sang in ihnen wie in den Saiten einer Windharfe.

Da erinnerte sich die Frau einer Ammenweisheit aus Kindertagen: Wer die Eier des Vogels mit den Regenbogenschwingen in seinem Garten auf einem Nest von frischen Rosenblättern finde, könne leicht sein Glück machen. Die Eier seien Wunscheier, und was einer träume, während der Vogel brüte, das schlüpfe aus den zarten Schalen, sobald sie brächen.

Während die Frau noch dem alten Märchen nachsann, befiel sie plötzlich eine tiefe Müdigkeit. Sie mußte, ob sie wollte oder nicht, die Augen schließen und sank neben dem Nestlein in Schlaf. Der Vogel aber senkte sich leis und geruhig aus den Lüften und ließ sich über den Eiern nieder.

Nach einem Stündlein oder zweien knisterte es leise in den bunten Schalen, als raschle ein Mäuschen im Stroh. Da erhob sich der Vogel in die Lüfte und flog von dannen. Zugleich aber erwachte die Frau und rieb sich die Augen.

Sie sah den Vogel entschweben und besann sich, wovon sie geträumt habe. Alsbald lächelte sie. Sie hatte von dem geträumt, was einer Mutter das liebste ist, von ihren zwei Knaben. Die aber konnte ihr kein Vöglein nehmen, noch geben. Doch als sie jetzt die Augen nach dem Nestlein wandte, wurde sie blaß vor Schrecken und Entzücken.

Aus den geborstenen Schalen waren zwei feine Knäblein hervorgeklettert, von denen das größre kaum spannlang war. Die beiden Zwerglein glichen ihren Kindern auf ein Haar, nur daß sie zierlich und zerbrechlich schienen wie Spielzeug. Eins hatte schwarzes Haar und graue Augen, eins war blauäugig und blond wie ein Küchlein. Sie glichen den Knaben der Witwe bis ins kleinste, und war einem jeden sein Alter an Gliedern und Haltung wohl anzusehen. Und, o Wunder, jedes trug Wämslein und Höslein, die in Schnitt und Farbe denen der Kinder bis auf Faden und Flicken glichen.

Da schlug die Frau lachend in die Hände, und ihre Kinder stürzten aus dem Hause. Beide standen sogleich mit Augen, die immer größer wurden, um die kleinen Männlein, sahen gleichsam von Turmeshöhe hernieder und erblickten sich selbst klein wie Spielzeug in der blumigen Tiefe. Jedes erschaute sich selbst und konnte vor Überraschung weder lachen noch atmen.

Endlich beugte sich der Ältere sacht hernieder und wollte die seinen kleinen Knäblein behutsam in seine Kinderschürze heben. Aber noch hatte er sie nicht berührt, da stürzte sich das Brüderlein in eifersüchtiger Angst auf ihn, schlug nach seinen Händen und raufte ihm das schwarze Haar.

Mitten im Prügeln aber hielten sie betreten inne. Beide hatten wahrgenommen, wie die winzigen Knäblein im Gras gleich ihnen zankten und rauften. Ja, dem kleineren klaffte alsbald ein häßlicher Riß im blauen Leinenhöslein ganz wie bei seinem Ebenbilde, dem Menschenknaben. Als sie sich selbst so als garstige und giftige Krötlein erblickten, vergaßen sie ihren Zorn und begannen zu lachen. Der Schwarze faßte des Blonden Hand und küßte ihn zur Versöhnung auf den Mund. Dabei schielten beide eifrig und schelmisch nach den winzigen Wesen im Gras, ob sie auch so täten. Und, siehe da, auch die Zwergbüblein wuselten sich empor, klopften den Staub aus den Höslein und lachten und küßten sich.

Da sprach die Frau, indem sie die Kinder an sich zog: »Steht es so, dann hat mir der Wunschvogel nichts Schlechtes beschert! Halten euch die Büblein immerdar euren Spiegel vor, so ersparen sie mir noch, dünkt mich, viel Plage und euch die Rute. Schaut nun fleißig, wie garstig die Bosheit sich ausnimmt und wie lieblich die Eintracht! Damit ihr euch immer vor Augen habt im Guten und Argen, schenke ich einem jeden sein Ebenbild.«

Da hob sich jedes der Kinder sein Büblein gelinde wie ein nestentfallenes Vöglein aus dem tauigen Gras und schloß es sanft in seine Hände. Die zierlichen Zwerglein lagen in den warmen Kinderhänden, ganz umschlossen, wie in rosigen Muscheln. Und Mutter und Kinder sahen still und gerührt auf das liebliche Wunder.

Fortan hatte die Mutter mit ihren Lieblingen wenig Not. Die Rute hinter dem Spiegel feierte und war bald ganz von Spinnengewebe durchwoben. Sprach aber doch mal eins der Kinder im Eifer ein böses Wort, so schämte es sich sogleich, wenn sein winziger Doppelgänger wie ein Echo die garstige Unart nachsprach. Und hatte gar mal eins einen verdienten Backenstreich erhalten, so schluchzte es gleich noch einmal so herzbrechend, wenn es sein Männlein gleich ihm so kläglich weinen hörte, als brannten auch ihm die Wangen.

Bald darauf wurde ihnen noch ein zweites Wunder offenbar. Als nämlich die Mutter einer Nachbarin das artige Spielzeug der Knaben zeigen wollte, stand diese lachend und verwundert dabei, und sah in die hohle Hand der Frau, ohne das Geringste von den Büblein zu sehen, deren Kribbeln die Frau doch so deutlich auf der Hand spürte, wie ihre Augen die Männlein sahen. Da merkten sie wohl, daß außer der Mutter und ihren Kindern niemand die Wunschbüblein zu sehen vermochte, und sie hütete sich wohl, davon zu irgend jemand zu sprechen.

So lebte die Frau mit ihren Kindern ein paar Jahre friedlich und fröhlich dahin. Eines Tages aber kam der Oheim der Knaben, der Gewalt über sie hatte, vom Hof des Kaisers in die Einsamkeit des Witwenhauses geritten und rief seine Neffen vor sich. Einer von ihnen war zum schönen schlanken Jüngling erblüht, der jüngere aber war noch ein Knabe.

Da sprach der herrische Mann zum Älteren: »Du hast eine hohe Stirn und eine schmale, weiße Hand. Du sollst ein Rat des Kaisers werden.«

Dann warf er einen spöttischen Blick auf den Kleinen, der an der Mutter Hals hing. Er zog ihn an sich heran und klemmte ihn zwischen seine Knie. »Du hast allzu zarte Glieder. Ich spüre das Zittern deiner Knie zwischen den meinen. Das zärtliche Blut geht bebend durch deine kleinen Hände. Du hast einen weichen Mund und Träumeraugen. Du taugst mir zu nichts. Du sollst ein Reiterjunge werden und Härte dulden, bis du hart wirst. Dann wollen wir weiter sehen.«

Der Oheim erwartete von keinem der Brudersöhne Antwort, und das Bitten der Mutter um den Jüngsten schien er nicht zu hören. Da ging die Frau mit ihren Knaben in den Garten hinters Haus und schied von ihnen unter Tränen und Küssen.

Da sprach der Jüngere an ihrem Halse: »Lieb's Mütterlein, weine nicht! Du sollst immer wissen, wie es um uns steht, ob wir fröhlich oder traurig sind, ob wir dir Ehre oder Schande machen. Schau, wir. schenken dir unsre Wunschbüblein. So ist's, als ständest du immerdar auf dem Turm unsres Kirchleins und sähest uns in der klaren Ferne. Wir kommen dir nie aus den Augen.«

Da herzte die Frau ihre Lieblinge, als wollte sie einen nach dem andern ersticken, dankte ihnen zärtlich und schied von ihnen.

Der Oheim aber führte die Brudersöhne von dannen. Den Jüngling nahm er in seine Kutsche, der Knabe aber mußte hinten auf der Pritsche aufsitzen wie ein Dienstjunge. Doch war ihm das gerade recht: so konnte er ungesehen Kußhände nach der Mutter werfen, solang er ihr Tüchlein wehen sah.

Die Frau tröstete sich, so gut es ging, unter Tränen und Küssen mit ihren Wunschbüblein. Als sie zur Ruhe ging, hob sie die zwei Weslein auf ihr Kissen und bettete sie an ihre Wange. »Meine armen Knaben,« sprach sie, »ich sehe wohl, wie ihr traurig seid und voll Heimwehs nach mir. Eure Männlein hocken armselig wie frierende Vöglein auf meinem Kissen. Weh uns, euch und mir ist das gebrannte Herzeleid geschehen. Gott tröste euch!«

In der Nacht aber, als die Frau schlief, entliefen ihr die Wunschbüblein, wie fremde Hündlein, die ihren Herrn suchen. Die Tür war nur angelehnt, so vermochten sie zu entrinnen. Aber der Kleinere kam nur bis zur Kammerschwelle. Die Stufe vermochte er nicht zu erklettern. So mußte er zurückbleiben.

Da weinte die Frau, als sie erwachte und des Verlustes gewahr wurde, noch einmal so bitterlich und wurde erst ruhig, als nach Tagen ihr letztes Wunschbüblein zum erstenmal ein Liedlein probierte und danach sorglos lachte. »Mein Nesthäkchen,« sprach sie, »du bist hochherzig und tapfer trotz deines weichen Fellchens. Gott segne dein Lachen!«

Als die Brüder sich zum drittenmal auf ihrer Reise zu Hofe »Gute Nacht« sagten, fand sich das entlaufene Wunschmännlein bei ihnen ein. »Sieh' da,« lachte der Schwarzhaarige, »das ›Nesthäkchen‹ ist der Mutter lieber! Sie will es nicht von sich lassen.« Er streichelte dem kleinen Bruder die weichen Locken, der vor Rührung und Heimweh zugleich lachte und weinte.

Tags darauf kamen die Brüder in die Hauptstadt des Landes, und alsbald gab der Oheim den einen den Räten des Kaisers zur Unterweisung, aus dem andern aber machte er einen Troßbuben, der allen dienstbar war und ungestraft von allen herumgestoßen wurde.

Dem Älteren aber ging es bald seltsam mit seinem Wunschmännlein. Eines Nachts, da er sich allein und im Dunkeln wußte, gab er sich ungehemmt seinem Schmerz um Mutter und Bruder hin, kauerte auf seiner Bettstatt und weinte in seine Hände. Mit einmal zeigte ihm ein Mondstrahl sein Zwerglein, das neben ihm auf der Bettkante hockte, die Ellbogen auf die Knie gestemmt hielt und in seine Händlein schluchzte, daß ihn der Bock stieß. Sogleich versiegten dem Jüngling die Tränen. Er wurde rot vor Scham, als habe er auf hellem Markte gegreint wie ein Knäblein, und sprach zu sich selbst: »Pfui, wie lächerlich nimmt es sich aus, wenn ein so großer Bursche weint! Gut, daß mir mein Männlein den Spiegel vorhält! Ich will es nicht wieder tun.« Fortan hielt er sich den Schmerz fern wie einen Versucher.

Nicht anders erging es ihm eine Zeitlang danach mit dem Zorn. Er war über ein kaltes, höhnisches Wort seines Oheims ergrimmt, stand mit Zorntränen in den Augen vor ihm und haderte laut und leidenschaftlich mit ihm. Da gewahrte er zwischen sich und dem Oheim das Wunschbüblein, das kirschrot im Gesicht mit beiden Ärmchen durch die Luft fuchtelte und sich über die Maßen lächerlich ausnahm. Da wußte der Jüngling nicht, worüber er am meisten ergrimmt war, über den Oheim, über sich selbst, oder über das Männlein. Aber er schwieg still und zwang seine Glieder zur Ruhe. So verlernte er den Zorn.

Täglich ging der Jüngling bei dem Kleinen in die Lehre. Er mochte lachen oder toben, in Lust. oder Scham erglühen, so sah er plötzlich das Männlein, und es war ihm, als stände er vor dem Spiegel. Kann aber einer vor einem Spiegel recht aus Herzensgrunde lachen oder weinen, zornig oder begeistert sein? Versucht es selbst, so werdet ihr inne, daß der Spiegel ein Glas ist, an dem sich Lachen und Weinen zu Tode stoßen wie unbesonnene Vöglein an euren Fensterscheiben!

Immer seltener ließ sich der Jüngling durch ein rasches Gefühl übermannen. Täglich gewann er mehr Macht über sein Herz und seine Glieder. Klar und gemessen wurde Rede und Haltung. Verlor er aber doch einmal die Zügel über sich selbst, so erschrak er sogleich, als sähe er sich selbst bei einer Torheit über die Schulter. Immerdar sah er sich selbst über die Schulter wie ein Fremder. Davon wurde er still und klug. Der Ruf seiner besonnenen Weisheit drang bis zum Kaiser. Der ließ ihn vor sich kommen, er fand ihn reif und weise wie einen Greis und stellte den Jüngling über seine ältesten Räte. Er überhäufte ihn mit Gold und Gnaden, heftete ihm einen Orden an die Brust und entließ ihn vertraulich wie einen Freund.

Da fühlte der Jüngling in seinem Blute eine königliche Wallung von Stolz und Machthunger. Aber als er nach Hause kam, fand er in seinem Arbeitszimmer das Wunschmännlein, und das Blut stieg ihm bis unter die Haarwurzeln, als er es erblickte. Es stelzte gespreizt über seinen Schreibtisch und strich eitel die frischbesternte Brust.

Der neue Rat des Königs starrte lange auf sein Ebenbild, als wollte er's für immer in sich saugen. Eitel und lächerlich sah er sich selbst in dem Kleinen. Wie das Männlein sich blähte und brüstete, wie es sich geckenhaft wiegte und streckte! Er seufzte über sich selbst, tat leise den funkelnden Stern von der Brust und die Eitelkeit aus dem Herzen.

Die Weltluft war ihm vergällt. Er hatte die Eitelkeit von Macht und Ehrsucht durchschaut und sagte ihnen Valet wie seinem Weinen und Lachen. Jeder im Lande staunte, wie kühl und weise Herz und Haupt des Jünglings waren trotz seiner Jahre. Er tat die Liebe von sich, als er sich selbst in dem Wunschmännlein trällernd vor sich hertänzeln sah wie einen verliebten Knaben, und er schenkte sein Gold an die Armen, als er eines Nachts das Männlein dicht neben den eigenen Händen in der Goldtruhe wühlen sah wie einen Narren.

Der Ruhm seiner Weisheit, seiner gelassenen Ruhe und Unbestechlichkeit scholl durch alle Lande. Er aber verschloß sich mehr und mehr, legte Ämter und Ehren nieder und vertiefte sich ganz in die Betrachtung der Steine und ewiger Dinge. Nichts anderes schien ihm mehr menschenwürdig. Aber zuweilen, wenn er über seinen Pergamenten saß, zog er den Pelzrock dichter um seine Schultern zusammen, als fröre ihn im innersten Herzen.

Währenddessen lebte der junge Bruder ahnungslos in weiter Ferne. Er war bei einem Heere des Kaisers, das täglich tiefer in Feindesland vordrang. Von seinem Leben wäre viel und wenig zu erzählen. Er hatte als Troßbube harte Tage gelitten und die Lust nur selten erschnappt wie ein Fischlein die Himmelsluft. Dabei war er ein stattlicher und hübscher Bursche geworden, in dessen sechzehnjährigem Herzen schillernde Eintagsträume und alle Torheiten junger Liebe wie Perlen im Wein stiegen.

Niemand könnte sagen, wieviel er in diesen Tagen geweint und gelacht, wieviel Hände ihn geschlagen und wieviele ihn geliebkost.

Unter den Stürmen von Zorn und Haß, Liebe und Lust, Schmerz und Sehnsucht waren Leib und Seele des Knaben geschmeidig und kühn geworden. Seine blauen Augen waren von tausend Tränen Leides und der Lust gebadet und strahlten darum jung wie neugeborene Sterne. Zahllos waren seine Knabenstreiche und zahllos die Abenteuer, von denen er erst träumte. Längst war er aus dem Hudelrock des Troßbuben in seidene Junkerkleider geschlüpft und trug singend und lachend die Fahne seines Kaisers immer tiefer in unbekannte Lande. Er wußte nicht, ob er töricht oder klug war, er trank das Leben wie einen klaren Wein und pries es dafür mit Lachen und Liedern.

Er wußte nichts von dem Leben seines Bruders.

Wohl aber hatte die Mutter davon gehört und hatte sich zur Hauptstadt aufgemacht, um mit ihm zu plaudern. Sie war stolz auf den Ruf seiner Weisheit, der bis in ihre Einsamkeit erschollen war. Sie küßte ihn auf seine hohe Stirn und sagte ihm, wie froh sie über sein Glück sei. Er aber saß nur stille bei ihr und streichelte ihr die Hand wie einem Kinde.

Endlich fragte die Frau nach ihrem Nestling.

Da lächelte der ernste Mann zum erstenmal seit Jahren und sprach: »Was fragst du nach deinem Liebling, Mutter? Hat sein Ebenbild, das Wunschbüblein, nicht jahraus, jahrein singend und jubilierend auf der Spitze deines Fußes gesessen und nachts an deiner Wange gelegen und Knabenträume geträumt? Wo er ist? Was er treibt? Ich weiß es nicht. Sei getrost, er ist glücklich und wird es immerdar sein.«

Da errötete die Greisin wie ein Kind, das sich eines gutherzigen Streiches freut, und kramte aus einem Tüchlein das Wunschbüblein ihres Jüngsten hervor. Es stak in seidenen Junkerkleidern und lachte wie ein Schalk aus beiden Augen.

»Ich glaubte, den Kleinen hier zu finden,« sagte die Mutter, »und wollte ihm eine Freude machen mit seinem singenden Büblein. Ich werde mich seiner nicht mehr lange freuen. So soll er es von mir erben bei Lebzeiten, damit ihm nichts Trauriges an dem Dinglein haftet, das ihn beglücken soll.«

Da sah ihr der Mann mit seinen grauen Augen tief ins Gesicht und sprach ernst: »Behalte, was du hast, Mutter! Und wenn du den Kleinen lieb hast, so schenke ihm nie das Wunschbüblein, das ihm gleich ist!«

Da erschrak die Mutter und ruhte nicht, bis er ihr die dunkle Warnung erklärte. »Es heißt, wer sich selbst sieht, muß sterben, Mutter,« sagte er, »das ist gewißlich wahr; doch stirbt ein jeder auf seine Art.« Als er so geredet, hob er mit müdem Lächeln sein eigenes Wunschbüblein, das ihn weise und still gemacht hatte, aus der Tasche und setzte es neben das seidene Knäblein.

»Glaubt man noch, daß sie Brüder sind,« sagte er leise, »dein blauäugiger Springinsfeld und mein graues, greises Männlein? Sieh' nur her, Mutter, meines ist geschrumpft und greisenhaft geworden vor der Zeit wie ich selbst.«

Da erseufzte die Frau aus der Tiefe ihres Herzens und sprach: »O, daß der Wunschvogel wiederkäme und mir das seidene Knäblein davontrüge, ehe ich sterbe!«

Kaum hatte sie das gesagt, so hörte sie ein klares, helles, singendes Tönen in den Lüften. Sie schaute auf und sah den Vogel, der schön wie ein leuchtender Traum durch das feuchte Blau des Maihimmels zog. Er rührte seine regenbogenfarbenen Schwingen kaum, sondern hielt sie ausgespreitet, und die reine, klare Sonnenluft sang in ihnen wie in den Saiten einer Windharfe.

Der Mann und die Greisin standen ganz still. Da strich der Vogel nahe am Gesims des offenen Fensters vorüber und fegte sanft und zärtlich das seidene Knäblein auf seine funkelnde Schwinge. Dann stieg er hoch und höher ins Blau. Von der goldbunten, taufeuchten Märchenschwinge herab lachte das Wunschbüblein noch einmal hell und übermütig wie ein glückliches Kind und fuhr singend und jubilierend in den blauen Duft des Maihimmels.

»Ja, ja,« sagte der Mann leise und legte den Arm um die Greisin, die tief in ihren Lehnstuhl gesunken war und versonnen in die helle Ferne sah, »er wird immerdar auf bunten Schwingen über Abgründen dahinfahren wie sein liebliches Ebenbild. Er wird ein Dichter werden oder ein fahrender Sänger, und sein Herz wird ein Knabenherz bleiben, das unter Lust und Glück der Erde bebt und zuckt und nicht altern will!«

Die Mutter aber gab keine Antwort, und als der Mann sich über sie beugte, war sie mit einem Lächeln auf den Lippen entschlafen.

Aus der Mappe

Abschied Wolf Eschenlohrs von seiner Mutter: Heute muß ich dir noch einmal sagen, was ich dir als kleiner Bub so oft zugeraunt habe. Wenn ein Büblein sein Mütterlein umhalsend sagt: Du bist doch die aller- allerschönste auf der ganzen Welt, so lächelt nicht über Kindertorheit. Es ist die Weisheit der Unmündigen, die aus ihm spricht. Die Liebe ist das Schönste. Und einem jeden tritt die höchste und reinste Liebe eben einmal in seiner Mutter entgegen. Darum ist sie für ihn das Schönste und scheint's nicht nur seinen kindlichen Augen.

Die einfache Wahrheit vom Wesen des Krieges ist diese: Er macht die Starken stärker und die Schwachen macht er armselig. Es gilt von ihm das Bibelwort: Wer da hat, dem wird gegeben, und wer nicht hat, dem wird genommen. Nur gilt es nicht vom äußeren Besitz, sondern von der Habe des Herzens. Wo sonst Liebe sacht und fromm rann, strömt sie jetzt allmächtig aus dem tiefsten Quell des Lebens. Wo ein Gottesbewußtsein ruhig durch die Tiefen der Seele schwang, tönt es jetzt als Glocke über allen Lärm des Tages, und die freudige und tätige Lust am Volksganzen ist zur beherrschenden Triebkraft unseres Lebens geworden. Diese fest in sich verankerte Dreieinigkeit von Liebe, Gläubigkeit und Hingabe an unser wehrhaftes und wahrhaftes Volk ist die Gnadengabe, die wir durch die Tage und Nächte des Weltbrands tragen und in deren Besitz wir getrost sind.

Gebetstraum: Einer betet und im Traume sieht er Gottes Hand sich aus den Wolken recken. Er blickt in Gottes Hand, wie man auf einen Gabentisch blickt, aber die Hand ist leer.

Wenn eine Wiese nach Veilchen duftet, so glaubt Ihr auch nicht, daß mehr Veilchen unterm Grase seien als Unkraut. Die schönste Stadt hat mehr häßliche als schöne Häuser.

Bricht nicht das Licht ins Dunkel, ohne sich zu beflecken?

Aus der »Predigt an die Stillen im Lande«:

Die Überlebenden sollen mehr sein als die Schatten ihrer Lieben. Ein Schatten erlischt, wenn ein aufrechter Mann zu Boden stürzt. Ihr sollt nicht Schatten sein, Bäume sollt Ihr sein, die über Gräbern blühen und Frucht tragen. –

Die Toten lassen sich nicht halten, Ihr Lebendigen: Nicht Geisterbanner sollt Ihr sein und Totenbeschwörer, Ihr Leidgeschlagenen! Ihr sollt Totenerwecker werden! Habt Ihr Herzenskraft und Liebeskraft genug zu solchem Werke? Leid kann tätig oder tatenmüde machen, aber sicher ist, daß das größte Leid auch die tätigsten Herzen schafft. Zwischen diesen tätigen Herzen und den rührigen Händen gieriger Glücksjäger wird der eigentliche Entscheidungskampf um Seele und Zukunft des deutschen Volkes nach dem Kriege ausgefochten werden. Die besten Kämpfer des deutschen Idealismus liegen unter der Erde. Erwartet nicht alles von den Heimkehrenden. Nur den Toten könnt Ihr ganz vertrauen, die in Euch leben, denn es ist kein Falsch an ihnen. Glaubt, die Besten unseres Volkes sind nicht gestorben, damit die Lebendigen tot seien, sondern daß die Toten lebendig würden. Sind nicht allzu viel Tote unter den Lebenden?

Nicht das Glück ist das letzte Ziel des Menschen, sondern seine Vollendung als leiblich-sittliches Wesen. Dazu helfe Euch der Krieg. Die Sieger werden unter den Toten sein.

Über tredition

Eigenes Buch veröffentlichen

tredition wurde 2006 in Hamburg gegründet und hat seither mehrere tausend Buchtitel veröffentlicht. Autoren veröffentlichen in wenigen leichten Schritten gedruckte Bücher, e-Books und audioBooks. tredition hat das Ziel, die beste und fairste Veröffentlichungsmöglichkeit für Autoren zu bieten.

tredition wurde mit der Erkenntnis gegründet, dass nur etwa jedes 200. bei Verlagen eingereichte Manuskript veröffentlicht wird. Dabei hat jedes Buch seinen Markt, also seine Leser. tredition sorgt dafür, dass für jedes Buch die Leserschaft auch erreicht wird.

Im einzigartigen Literatur-Netzwerk von tredition bieten zahlreiche Literatur-Partner (das sind Lektoren, Übersetzer, Hörbuchsprecher und Illustratoren) ihre Dienstleistung an, um Manuskripte zu verbessern oder die Vielfalt zu erhöhen. Autoren vereinbaren direkt mit den Literatur-Partnern die Konditionen ihrer Zusammenarbeit und partizipieren gemeinsam am Erfolg des Buches.

Das gesamte Verlagsprogramm von tredition ist bei allen stationären Buchhandlungen und Online-Buchhändlern wie z. B. Amazon erhältlich. e-Books stehen bei den führenden Online-Portalen (z. B. iBookstore von Apple oder Kindle von Amazon) zum Verkauf.

Einfach leicht ein Buch veröffentlichen: **www.tredition.de**

Eigene Buchreihe oder eigenen Verlag gründen

Seit 2009 bietet tredition sein Verlagskonzept auch als sogenanntes "White-Label" an. Das bedeutet, dass andere Unternehmen, Institutionen und Personen risikofrei und unkompliziert selbst zum Herausgeber von Büchern und Buchreihen unter eigener Marke werden können. tredition übernimmt dabei das komplette Herstellungs- und Distributionsrisiko.

Zahlreiche Zeitschriften-, Zeitungs- und Buchverlage, Universitäten, Forschungseinrichtungen u.v.m. nutzen diese Dienstleistung von tredition, um unter eigener Marke ohne Risiko Bücher zu verlegen.

Alle Informationen im Internet: **www.tredition.de/fuer-verlage**

tredition wurde mit mehreren Innovationspreisen ausgezeichnet, u. a. mit dem Webfuture Award und dem Innovationspreis der Buch Digitale.

tredition ist Mitglied im Börsenverein des Deutschen Buchhandels.

Dieses Werk elektronisch lesen

Dieses Werk ist Teil der Gutenberg-DE Edition DVD. Diese enthält das komplette Archiv des Projekt Gutenberg-DE. Die DVD ist im Internet erhältlich auf **http://gutenbergshop.abc.de**

Zeitfracht Medien GmbH
Ferdinand-Jühlke-Straße 7
99095 Erfurt, Deutschland
produktsicherheit@kolibri360.de